公元787年,唐封疆大吏马总集诸子精华,编著成《意林》一书6卷,流传至今
意林:始于公元787年,距今1200余年

一则故事　改变一生

青春的梦，在青春做完

意林

果味青春馆

《意林》图书部 ◆ 编

吉林摄影出版社
·长春·

图书在版编目（CIP）数据

青春的梦，在青春做完 /《意林》图书部编. -- 长春：吉林摄影出版社，2019.10
（意林果味青春馆）
ISBN 978-7-5498-4311-4

Ⅰ.①青… Ⅱ.①意… Ⅲ.①散文集 – 中国 – 当代 Ⅳ.①I267

中国版本图书馆CIP数据核字(2019)第209679号

青春的梦，在青春做完　QINGCHUN DE MENG, ZAI QINGCHUN ZUOWAN

出 版 人	孙洪军	印　　次	2019年11月第1次印刷
主　　编	杜普洲	出　　版	吉林摄影出版社
责任编辑	王维夏	发　　行	吉林摄影出版社
总 策 划	徐晶	地　　址	长春市净月高新技术产业开发区
策划编辑	孙玉芳		福祉大路龙腾国际大厦A座17楼
封面设计	资源	邮　　编	130117
封面供图	官官an	电　　话	总编办：0431-81629821
美术编辑	坛爱萍		发行科：0431-81629829
发行总监	王俊杰	网　　址	www.jlsycbs.net
开　　本	889mm×1194mm 1/16	经　　销	全国各地新华书店
字　　数	220千字	印　　刷	北京中科印刷有限公司
印　　张	8	书　　号	ISBN 978-7-5498-4311-4
版　　次	2019年11月第1版	定　　价	26.00元

启 事

本书编选时参阅了部分报刊和著作，我们未能与部分作品的文字作者、漫画作者以及插画作者取得联系，在此深表歉意。请各位作者见到本书后及时与我们联系，以便按国家相关规定支付稿酬及赠送样书。

地址：北京市朝阳区南磨房路37号华腾北搪商务大厦1501室《意林》图书部（100022）
电话：010-51908630转8013

版权所有　翻印必究

（如发现印装质量问题，请与承印厂联系退换）

青春的梦，在青春做完

目 录 CONTENTS

花样青春
成长路标

冬天的诗…………………………文/[美]罗伯特·勃莱 1	光武帝刘秀，《中国成语大会》喊你来参加
康瑜：在大山中播种诗意……………文/益美君 2	…………………………文/徐英瑾 16
老谭的数学锦囊…………………文/Summer 3	"心理账户"原则，与一对旧藤椅……文/岑嵘 17
致敬错过的那些年………………文/穿山甲 4	"突突车"大冒险………………文/音乐水果 18
十三岁那年的冬天………………文/张亚凌 5	"破"与"用"……………………文/佚 名 19
你越讨厌哪个，就越要努力爱哪个……文/佚 名 6	再见，我的超级中学……………文/禾 宽 20
"耐"字原是剃胡须………………文/刘鹏飞 7	似有雪来………………………文/董改正 21
iG宝蓝：边缘的"网瘾少年"，走到了舞台中央	海底60小时……………………文/江东旭 22
…………………文/汤禹成 孙美琪 8	恭喜你，你有恐惧感了…………文/毕飞宇 23
小学班里的傻孩子，你还好吗………文/左 灯 9	请允许我偶尔的不坚强…………文/艾米粒 24
不被原谅的异类…………………文/陈小艾 10	谁会成为蚊子的大餐……………文/王亚宏 26
我不是胖女孩，请叫我超大号美人……文/蝶离岸 11	我们都曾以为自己很特别………文/陆小墨 27
靠近云朵的少年…………………文/落 安 12	想和朋友和好，你是否放不下面子
313的不眠时光…………………文/崔俊源 14	…………………文/《意林》图书部 28
关于睡觉这件小事………………文/杜笑颖 15	

暖剧场
多彩联谊会

深夜的雪（节选）………………文/[日]高村光太郎 31	这家书店永远都是陌生人在"经营"…文/流念珠 47
你永远是我心中最伟大的武林盟主……文/猫 河 32	与渐冻症抗争14年 ………………文/翟佳琦 48
亲爱的蓝胖子…………………………文/鹿 隐 33	电子亲情………………………………文/王梦影 49
我曾和妈妈没有话说 …………………文/YK 34	为两千多个孩子支起一个家………文/王景烁 50
严肃的高跟鞋 ……………………文/肖尔布拉克 35	十七岁那年，我把母亲骗进了精神病院
斯坦福这条狗………………………文/卑屈的猫格 36	………………………………………文/秦 舟 51
在这座图书馆，看本书就要出趟国……文/桃 宝 37	喜马拉雅的雪猪，一直在神的手掌里…文/凌仕江 52
丽萨的天堂……………………………文/凤 凰 38	"金秋"与颜色无关…………………文/刘洪宇 53
世界上竟有这样的工作………文/张昕宇 梁 红 39	知否？知否？此话大有来头………文/少年怒马 54
小畜记…………………………………文/胡成瑶 40	巴黎左岸的一家传奇小书店………文/孙道荣 55
总有人默默爱着你……………………文/梁 媛 41	胖子是用来做朋友的………………文/南在南方 56
母亲，您是什么时候原谅了我………文/韩浩月 42	英雄应该主动拥抱不确定性………文/万维钢 57
我和同桌的四件小事…………………文/浅步调 43	别人家的孩子………………………文/金陵小岱 58
一位老奶奶的遗愿……………………文/温 莎 44	丑蔬果变脸记………………………文/谢智玲 59
英国海鸥，被宠坏的"恶霸" ………文/刘瀚琳 45	南北编辑大作战：这些差异你们怕了吗
日本奇村：全村只有一个人会说话…文/老白来说 46	………………………………文/《意林》图书部 60

阅读阅美
陪你读书

心 叶……………………………………文/木 汀 63	请在高三拿出你全部的毅力去逆袭……文/木 心 72
怎样欣赏名著…………………文/[英]斯蒂芬·艾伦 64	四步让你实现更高层次的学习………文/高太爷 73
作家最常用的那些词…………………文/贝小戎 65	所有的知识，都不会白学……………文/罗振宇 73
妈妈说，她再也不打我了……………文/朱 瞻 66	12条建议，助你成为人际交往的高手
大象远离角马的秘密………………文/东莱西郎 67	………………………………………文/脱不花 74
没有脸的肖像画………………………文/陆心岛 67	"对手"为何跟"手"有关…………文/佚 名 74
平凡的世界（节选）…………………文/路 遥 68	这个时代，不需要你记住一切 ……文/张佳玮 75
《三国演义》里最神奇的一匹马……文/刘黎平 70	如何写出好文章……………………文/林清玄 76
梅花笺…………………………………文/王太生 71	送年轻时的自己哪些书………………文/贝小戎 77

一年之计在于春，品味古人深入骨髓的勤勉……………………………《意林》图书部 78
写作忌讳常用"了"字……………文/和菜头 80
既然你是好意就请好好说话………文/闫　晗 81
如何"白手起家"，申请常春藤名校…文/江学勤 82
作者总是会不自觉地出卖自己………文/张佳玮 83
不断不舍也不离…………………文/孙　欣 84
"学霸"教你七招，马上"终止拖延"
…………………………………文/佚　名 85

语言与存在……………………文/寇士奇 85
原来"三更""半夜"说的是两个人…文/刘绍义 86
历史上那些"不正经"的真事儿………文/张发财 86
谁是《西游记》里最厉害的妖怪……文/大蜜小糖 87
压缩饼干读书法…………………文/杨　扬 88
想要有效改善记忆力？这几招能帮到你
…………………………………文/罗辑思维 89
因名而废！你错过的好电影…………文/佚　名 90

新知探索
微时代

送　别……………………………文/塔吉克 93
陶渊明：你们不配跟我学归隐………文/金陵小岱 94
码字最多、最风趣的段子手皇帝……文/雪花如糖 95
我在丹麦的一场"猫耳朵"风波………文/候玥伊 96
这些是真成语……………………文/古典书城 98
课间锻炼有助提升学习能力…………文/佚　名 98
那些无法向人类做出妥协的自由灵魂
…………………………………文/江　山 99
我曾经读过的热爱…………………文/琢磨先生 100
蚂蚁从高空掉落会不会摔死…………文/薛业忠 101
文章的好坏与快慢………………文/晏建怀 102
为什么有体育特长的人容易成功……文/李稻葵 103
白居易：诗魔的宦海沉浮……………文/金陵小岱 104
听段子手司马迁讲故事……………文/侯人锜兮 105
火车上的印度……………………文/马　剑 106
那些"脑洞大开"的微型博物馆………文/胡文莉 107
我还不如一只龙虾吗………………文/杨　杰 108
"跳一跳"里的人生…………………文/张君燕 109

爬树可以提高记忆力………………文/佚　名 110
用右耳听比左耳记得更牢……………文/佚　名 110
青少年睡懒觉才是正道………………文/富　城 110
人类情绪共有27种…………………文/佚　名 110
畸形追星只会给偶像招黑……………文/夏熊飞 111
谁曾替谁写文章……………………文/张　勇 112
古人行走要"发声"…………………文/赵柒斤 113
在欧洲森林里遇到野狼………………文/郑蕴奥 114
能麻烦你一下吗？不能………………文/E＋ 115
爱上数学…………………………文/贝小戎 116
廉颇没那么"神"……………………文/赵柒斤 117
新千克：穿越大半个宇宙也能称你…文/王嘉兴 118
发发呆吧，那也是创造力……………文/李稻葵 119
如何保护校园……………………文/胡　宁 120
餐桌上的比赛……………………文/雨柔和 121
遇到不喜欢的老师，该怎么办
……………………………文/《意林》图书部 122

冬天的诗

文 [美] 罗伯特·勃莱

冬天的蚂蚁颤抖的翅膀，
等待瘦瘦的冬天结束。
我用缓慢的、呆笨的方式爱你，
几乎不说话，仅有只言片语。

是什么导致我们各自隐藏生活？
一个伤口，风，一个言词，一个起源。
我们有时用一种无助的方式等待，
笨拙地，并非全部也未愈合。

当我们藏起伤口，我们从一个人
退缩到一个带壳的生命。
现在我们触摸到蚂蚁坚硬的胸膛，
那背甲，那沉默的舌头。

这一定是蚂蚁的方式，
冬天的蚂蚁的方式，那些
被伤害的并且想生活的人的方式：
呼吸，感知他人，以及等待。

康瑜：在大山中播种

诗意

文/益美君

什么样的诗才叫好诗？综艺节目《我是演说家》中有一位"90后"美女学霸选手读了一首小诗，惹哭了台下的嘉宾和观众，这首诗叫《星星》：

小时候/我问奶奶星星是什么？/奶奶说：人死了就变成天上的星星/现在爷爷奶奶/变成了天上最亮的那两颗/我常常望着夜空不说话/等星星说话

这首小诗的作者是一个年仅14岁的少年，诗中蕴含的未经雕琢的灵气，唤起了许多人关于爷爷奶奶的回忆。这首诗的故事，要从"90后"姑娘康瑜说起。

2015年夏天，康瑜从中国人民大学本科毕业，毅然放弃了保研和出国留学的机会，决定实现自己的梦想——去支教。

从大一到大三，康瑜一直是个热衷公益的女孩，支教在她的梦想清单上一直占着最重要的位置。

毕业后，康瑜来到云南保山一个叫漭水的小镇，成了当地初中的一名支教老师。大山里的生活很艰苦，条件不好，气候不适应，每次家访康瑜都要翻山越岭走二三十公里，腿上常年摔得青一块紫一块，这些都是在意料之中的。那些在意料之外的，才是最具挑战的。在这里，优等生只是少数，更多的孩子厌学，对康瑜的所作所为并不领情："我爸妈都不管我，老师也不管我，你凭什么管我？"

2015年秋季的一天，康瑜正在上书法课，外面突然下起雨来，孩子们不约而同地往窗外看。康瑜脑中突然钻出一个念头："既然大家都喜欢雨，那咱们不写字了，听听这雨声，看看这雨花儿，给它们写一首小诗吧！"

从那之后，每逢下雨天，康瑜就会暂停讲课，和学生们一起听雨、写诗。到了支教第二年，她在校长和其他老师的支持下，开起了固定的"四季诗歌课"。自此，孩子们的佳作层出不穷。

《慢》：风吹得很慢/它不舍得吹乱/小姑娘刚梳的辫子/雨下得很慢/它不舍得打湿/母亲刚晒的被子/我走得很慢/因为不舍得影子/跟着我走得太累

诗歌课开了一年后，孩子们有了明显的变化，不逃学了，违纪少了。康老师的人气也越来越高。渐渐地，这群"问题少年"对她敞开了心扉，他们说："康老师是世界上最好的人，最好的老师。"后来，这个让全校最头疼的"问题班级"，创造了一个奇迹，成绩第一次超过了尖子班。

2017年夏天，两年支教生活结束，康瑜要离开了，孩子们舍不得她，还写诗给她。

康瑜回到了城市，准备申请留学。那年教师节，她收到一个大箱子，里面都是孩子寄给她的诗和信，其中一个13岁的女孩给她写了一封厚厚的信，在信里，女孩说："老师，我想许一个愿望，我希望有更多像我这样的孩子，能够在诗歌里面找到自己。"

"找到自己"4个字，一下子击中了康瑜的心，又一次，康瑜"任性"了，不留学了！她回到山里，成立了一个诗歌教育公益机构"是光"，通过开发课程及培训教师，"是光"已经为云南、山东、河南等地区600多所中小学的5万多名孩子带去了人生第一堂诗歌课。于是，一大拨灵气逼人的诗歌又涌现了。

《炒星星》：一口大大的锅/瞧，它在炒星星/越炒越亮/越炒越开心

康瑜希望改变大众对大山孩子的认知，不是"求知的眼睛"，不是"悲惨的命运"，而是"孩子们充满想象力的诗歌"。她还希望，孩子们可以通过诗歌，去歌颂爱，去记录情感，即使成不了太阳，也要始终拥抱阳光。

老谭的数学锦囊

文/Summer

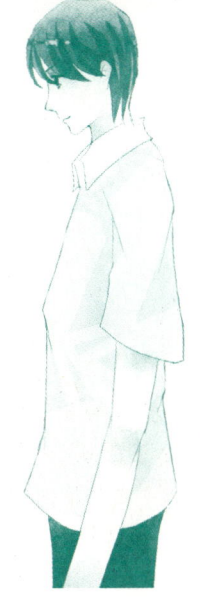

1

老谭之所以叫老谭,是因为他觉得谭静文这个名字一点儿也不符合他高大雄健的气质。所以初中三年,他一直胁迫我们叫他老谭。

老谭有点儿胖,圆圆的脸上总是带着活泼机灵的笑容。我们做了三年同桌,和我这个成绩不好不坏的老实人不同,他很聪明,也很懒惰。他非常不喜欢写作业,经常被老师罚写悔过书。

我确实不太聪明,成绩总是不上不下。有很长一段时间我都喜欢透过窗子向外看。老谭暗暗用手肘戳我。我回过神来后,他会悄悄对我说:"这道题是重点,赶快听。"

他总说我不专心。所以,专心却不完成作业的他,数学能考148分,而认真完成作业却不够专心的我,数学只能考68分。

初三第一学期的期中考试,我望着数学试卷上一片红红的叉号,连哭的力气都没有。老师在讲台上问哪道题不会,可以举手提出来,她好着重去讲。我的手缩在课桌里,像是负了千斤石,怎么也鼓不起勇气抬起来。

"老师,第二题我不会。"老谭突然举起手喊道。

老师和我都讶异地看向他。老师大概吃惊于他居然连这么简单的题都不会,而我吃惊于那道题他明明对了,错的其实是我。从第二题开始,他按照我的错题一个个举手提问。

我小声地对他说谢谢。

他朝我笑了一下,说:"也不单单是因为你,肯定还有其他同学不敢问问题。因为不敢问而放弃学习,多不值得,不是吗?"

那一刻,我甚至觉得他的眼睛里有星星。

2

中考结束,老谭顺利考上了省实验中学。临走时,他老气横秋地拍拍我的肩膀:"小刘,要自信啊!你要相信,你不会的别人也不会,放心大胆地去问吧,实在不行就给我打电话,老谭热线随时等你来电!"

后来,我进了一所普通高中学文科。班里同学的数学水平的确跟我差不多。每次想到老谭对我说的话,我都会勇敢地举起手来。

临近高考,老谭突然给我打来电话,声音是一如既往的洒脱:"怎么样?小刘,高考有信心没?"

"注定惨死在数学下。"

他咳了一声,笑着对我说:"三顿快餐换本大神的数学锦囊怎么样?"

我想都不想:"一顿。"

"啊?面对学习这么庄严的事你怎么能杀价呢?"

我笑道:"就一顿。"

他的思维仿佛陷入了一次深刻的角逐,最终,他咬着牙回我:"成交。"

3

在老谭数学锦囊的帮助下,我考上一所还不错的大学学中文。老谭则去了北京,在某知名学府深造,每天穿着白大褂做实验。

寒假里,我在初中的学校附近遇见他。他说学校有一个出国交流的机会,他报了名。我说多好,以后我就有海外同学了,说出去多有面子。

回到家后才想起,我忘了对他说声谢谢。谢谢他当年愿意帮助那个因为自尊心作怪差一点儿丢掉学业的少女,谢谢他愿意给她那么多的鼓励。

致敬错过的那些年

文／穿山甲

01

多年之后，我才发现自己曾经是一个留守儿童。

因为家庭变故，我四年级就离开了父母，在县城跟着姑姑上学。我和表哥睡在一张床上，每到晚上，特别想家，经常眼泪顺着脸颊静静流淌，把枕巾浸湿。

多期待回家，回到父母身边啊，但我知道面对这种局面我无能为力，为了不让大家为我操心，白天我都把泪水埋在了心里。

也许，懂事就是从那时候开始的。

02

那时候的我特别自卑，这种自卑缘于缺爱，缺乏父母的呵护。

终于挨到了初中，迫于当年政策的严格，我尽管成绩很好，还是被分配到了一所以往声名狼藉的中学。

我战战兢兢，这一次仅仅是因为别人有课本，我暂时没课本，被老师照顾得不好意思。

我怕回答错了问题丢人，就很少发言。一段日子后，语文率先开始了测试。很惊讶，我考了一个班里最高分，马上我就被老师当着全班同学的面表扬了。

渐渐地，我在各科展开了与之前观察到的优秀生之间的分数争夺，由于各科发展均衡，尤其在政史地方面展现出了比较强的优势，奠定了我在班级数一数二的地位。

03

高中生活也和初中差不多，除了班级的高手太多了，都是全县选拔的尖子，有些人真的是再怎么努力都比不过。这时候的我在单科方面表现得比较强势，比如历史，基本上每次考试都是全年级前十，这也是因为当年我太醉心历史书的阅读，各朝各代的故事我都有一点儿涉猎。

我太羡慕将军们保家卫国的睿智和勇武了，吸引我的不仅仅是他们文武双斗的精彩片段，更为那些谋略的制订和落地拍案叫绝。

当年的一些往事，当年的一些笔记很多都消逝了，能记得的一定是一些好笑有趣、警醒自身的事，包括那些看过的名人列传，我都不太记得了。但当时的快乐，当时的青春，都是独一无二的。

04

留守儿童很可能会像我这样，在成长的过程中走一些弯路，想去矫正的时候，时势会逼迫着他们不断地下决心打破自己。而这种改变自己的过程是痛苦的，但留守儿童想要变得更强，就需要经常做这样的选择。

如果时光可以回溯，我一定可以把自己变得更好。

十三岁那年的冬天

文/张亚凌

那一年,我十三岁,升入初中,必须在学校住宿。褥子被子一捆,和一大布袋子红薯、糜面馍馍、玉米糕绑在一起,母亲帮我拎起来搭在肩上。背上是褥子被子,胸前是一个大布袋子,后面重前面轻,我都有些把持不住自己的身子。母亲只是交代了句"不要贪吃好的,一顿蒸上两个红薯、一个糜面馍或玉米糕就行了",都不曾将我送到家门口,就转身忙自己的活儿去了。

走一走歇一歇,到了学校,喘了半天气才缓过神来。宿舍是一面窄窄的空荡荡的窑洞,我们直接在地上铺铺盖。

别人都是先在地上铺一个厚厚的草垫子,上面再铺个毡子毯子什么的,接下来才铺上褥子,褥子上面还有个布单子,叫"护单"——怕将褥子弄脏了。我呢,只带了褥子和被子,压根儿就没有其他东西铺在地上,褥子显然是不能直接铺在地上的。于是我就满学校找来了一些废纸片,铺在地上,才开始铺褥子。

我的褥子几乎是直接挨着地面,很潮湿,挨地的那面经常是湿漉漉的。只要有一丁点儿太阳的影子,我就会迫不及待地将褥子抱出去晾晒。冬天天冷,夜又长,起夜的学生就多。门一开一合,冷风就直吹过来。抗击了半天寒冷好不容易才入睡的我,常常又被寒风刺醒。为了应对寒冷跟风的袭击,我睡觉不再脱衣服且用被子蒙住头。

记忆里,那些年的冬天,下雪的日子经常有。下雪天是最最难熬的日子,包括雪后的一段时间。不仅仅是褥子只能无奈地潮湿下去,更重要的是,我只有脚上穿的一双布鞋,不像别的孩子,还有一双可以换着穿的鞋子或是能踩雨雪的黄胶鞋。教室、饭堂、厕所,跑上几趟,布鞋的鞋底就湿了,半天下来,就湿透了。我就满教室找别人扔的纸片,厚厚地铺在鞋里。一两节课下来,又湿透了。取出来扔掉,再找纸片铺进去应付一阵,如此反反复复。纸片也不是那么好找的,那时一个本子一毛钱,都是很节省地用。

再后来,我有些开窍了:找到塑料袋,撕开,铺在鞋底,再铺上纸,就好多了,也不用不停地换纸。更多的时候,是等着鞋子自己慢慢变干。

每个周三下午有一个半钟头的活动时间,我常常趁机跑回八里外的家里取下半周吃的东西。印象最深的一次,是在一个大雪天。

雪大风猛,我抄小路往家里赶。很熟悉的小路也因大雪的覆盖变得陌生,以至于我把沟边当成了小路,一脚踏下去摔进了雪里。我爬出来,继续往回赶。

我一推开家门,母亲愣住了,父亲倒了一碗热水让我暖和暖和。我伸手去接,明明接住了,碗却摔在了地上——我的手指被冻僵了!母亲拿着梳子赶过来给我收拾头发,惊叫道:"你的头发都结了冰。"我只说:"赶紧给我装吃的,不能迟到。"背起装满干粮的布袋子,我又赶往学校。风还是那么猛,雪更大了。

我也说不清为什么,至今想起那个下午,都会泪流不止。一个十三岁的小姑娘,自从独自对抗过那场大雪后,似乎再也没有畏惧过寒冷!接下来的两个冬天,似乎都一样,冬天再也没有变出什么新花样来折磨这个小姑娘。

你越讨厌哪个，就越要努力爱哪个

文/佚名

1

我跟自己说：你越讨厌哪个，就越要努力爱哪个。

我讨厌不喜欢我的，我讨厌对我态度不好的，我讨厌不真诚的……

有一个一副痞子样的老是从眼角看我带着些许抵触和敌意的男生，我给班级买奖品的时候特意给他买了个篮球的钥匙链（他喜欢打篮球），单独给他，鼓励他把篮球打得更出色，并且把篮球的团队合作精神和体育的精神用到班级和学习上。

后来他成为学校的篮球社社长，班级的小组长，也曾经向我坦陈家庭矛盾和自己的脆弱，在被我批评时，眼睛里没有了敌意。我也了解到，站没站相的痞子样的他其实善良懂事可爱，甚至有点儿胆小。

2

有一个说话总有点儿阴阳怪气，莫名其妙地人缘不好的，因为我没收了他东西而在我婚礼前一天给我发短信说了很多差点儿气死我的话的男生，我冷淡了他几天后，找来他家长，三个人坐在一起谈话，不是告状，而是跟他分析：

他这样做其实就是"你让我难受我也不让你好"，这也是他一向处理矛盾的方式，怎么伤害别人就怎么说，所以人缘不好，还跟他探讨事情怎么处理效果会更好。

同时发现他家长是完全听不进别人的话只想表明自己态度的人，也理解了这个孩子多么缺少关注和理解。

后来这个男生特别努力学习，一下子从中游冲到前五且稳定保持直到最后。现在上了大学，还会喜气洋洋地给我发期末考试成绩的截图，告诉我"老师我得奖学金了！"这其实是一个多么需要爱和肯定的单纯的小孩啊！

3

有一个寡言少语"城府"很深的男生，无论夸他、批评他、骂他、鼓励他……他都一副波澜不惊的冷漠脸，眼神都看不到一丝波动，就好像你无论怎样掏心掏肺他都接收不到，拒人千里。

这样的人我真的很抗拒，每次要跟他谈话，都要做很多心理建设，反复拖延，反复鼓励自己，谈完了带一肚子闷气回来。

但是，越是讨厌的，越

要努力去爱呀,我能够看到的,他的学习状态,他和同学的矛盾,他的情绪波动,我都尽量去关心,从他的利益的角度去和他分析给他提建议,虽然每次谈完还是觉得自己被当成傻子了,也还是坚持谈到高三毕业。

我从来没有觉得自己打动过他。但是毕业后,他主动加了我的微信,而且非常积极地对我发的朋友圈点赞留言,充满善意。

我才知道,有的时候,内向的人真的可以很内向,不表达,不代表没有善意,更不代表恶意。

4

老师讨厌某个学生,应该是很正常的吧?老师不过是普通人,有喜有恶无可厚非。只是,不能因为个人的好恶而影响对学生的态度和方式。不能因为喜欢谁而格外关注照顾,也不能因为讨厌谁就整谁或者冷暴力。

为了做到这一点,我的办法就是"越讨厌谁,就越要努力去爱谁"。

因为他们那么讨厌,可能恰恰是因为没有得到足够的爱和关怀啊!

"耐"字原是剃胡须

文/刘鹏飞

"耐"字如今是承受得起、经受得住的意思,比如耐烦、耐寒、耐用、忍耐等。但它在古代是一种刑罚——"剃须"的意思。以上那些词语只不过是它的引申义罢了。

"耐"是一个会意字,从"而"从"寸"。要想了解"耐"字,还得从"而"字说起。"而"现在是一个连词,表示并列、承接、假设、因果、转折等义,有时也做代词或副词用,但这也都是"而"的假借义,在古代,"而"的本义是"胡须"的意思。我们认真看一下,"而"还真有点儿"胡须"的样子哩。

《说文解字》曰:"耐,罪不至耐也。""按,不剃发也。"《后汉书·高帝纪》:"耐罪亡命。"注:"耐,轻刑之名,一岁刑为罚作,二岁刑以上为耐。"就是剃掉胡须两年以上才叫"耐"。《睡虎地秦墓竹简》:"从事有亡,卒岁得,可论?耐。"这里的"耐"都是"剃胡须"的意思。

现在"耐"字与"而"字一样,早已失去了它的本义,只剩下引申义了。但我们了解"耐"字的过去,还是有利于"耐"字更好地为今天的我们服务的。

iG宝蓝：边缘的"网瘾少年"，走到了舞台中央

文/汤禹成 孙美琪

2018年11月，在韩国仁川举行的《英雄联盟》"S系列赛"上，宝蓝所在的电竞俱乐部iG夺得冠军。那一夜，"iG"这两个字母，在中国人的手机上刷屏。儿子夺冠后，电话一个接一个拨进宝蓝母亲傅晓岚的手机。而在家里，宝蓝还是一如既往地沉默。妹妹黑妹知道他"肚子里有很多话，但不知该怎么说"。

在小学班主任吴老师的记忆里，宝蓝上课开小差，成绩却很不错。而教语文的项老师"比较传统"，会在宝蓝不交作业时把家长叫到学校。如今，项老师开始重新思量："什么样的教育才是好的教育？"这并非个例，iG夺冠后，不少家长都开始怀疑自己固有的教育理念以及对游戏的看法。

鲜有人知，傅晓岚也曾有过漫长的无奈。小学高年级时，宝蓝开始接触网络游戏，逃课去网吧，放学不回家。宝蓝辗转念了三所学校，成绩不好，便开始在游戏上寻找成就感，那时，他开始接触到《英雄联盟》。傅晓岚始终觉得，儿子是块读书的料，但矛盾的是，她又时常妥协：儿子喜欢玩游戏，傅晓岚给买高配置的电脑；在学校待得不开心，她想办法给转学。就连那个"最重要的决定"也是如此：高二那年，宝蓝提出去天津加入职业战队，这几乎意味着他求学生涯的中断。所有家人都反对，但宝蓝说服了关键人物——妈妈。

2014年6月，傅晓岚领着儿子去天津，亲眼看到战队的别墅，又听闻俱乐部会安排专人照看选手生活，悬着的心才算落下。曾有媒体将傅晓岚描述为"非常支持儿子打游戏"的母亲，她极力否认。"哪怕他不喜欢读书，还是希望他读。"半晌，她又说，"像他们这样的，全中国能有几个？"

然而，不到三个月，天津战队解散了。战队解散后，宝蓝到上海做起游戏直播。有一次，宝蓝在电话里问傅晓岚："妈妈，赚钱重要还是完成梦想重要？"她回答："当然是梦想重要，你还小，赚什么钱？"此后，宝蓝不再做游戏直播，辗转于宁波、杭州等地。

比大多数人幸运的是，他越过了层级分明的赛事体系，2016年夏天成为iG的一员。在领队阿宁眼里，宝蓝几乎是全队最勤奋的人。队员往往在中午起床，下午和夜晚经历每天必须完成的6场训练后，宝蓝时常会自己加练至凌晨五六点。没有时间娱乐，也鲜有时间社交。

2018年11月，韩国仁川，宝蓝和他的队友们如愿赢得胜利。夺冠后的生活突然忙碌起来，"网瘾少年"从边缘走到舞台中央，还被共青团中央选中，作为"中国青年好网民"的代表。

2018年11月，19岁的宝蓝平生第一次面对众多同龄人发表演讲。演讲中，他极力区分"电竞"和"沉迷游戏"："电子竞技会让我们成为更好的自己，而沉迷游戏只会让你丢失人生的方向……电子竞技就是和羽毛球、围棋一样的职业运动项目，请不要将它污名化，也不要拿它当挡箭牌。"

这确实是宝蓝内心的真实想法。以电竞为职业的宝蓝，却不希望妹妹走上游戏道路，因为"坚持了也不一定成功"。不成功是常态，而宝蓝是幸运者。

小学班里的傻孩子，你还好吗

文/左灯

每个人的小学班级里，都有一个浑孩子、一个胖孩子、一个傻孩子，我们班全占了。浑孩子姓顾，胖孩子姓陈，傻孩子姓任。

傻孩子邋里邋遢，头发蓬乱，东抠抠西抠抠，拿起零食就往嘴里塞，塞完往衣服上一抹，就哆哆嗦嗦笑起来。可惜的是，傻孩子的单纯没有给他带来福佑，反而给了他旷日持久的灾难。班级里调皮好动的男生们常常拿他取乐。

我们这些旁观者，因为害怕被孤立，往往置若罔闻。久而久之，就把这当作了常态。而面对欺凌，他永远慢半拍，满脸写的都是："刚才发生了什么呀？"

但凡有同学忘带考试铅笔，就会去抢他红红绿绿的2B铅笔。他老是幽怨地攥着不放手，大声叫喊着："我要考试的呀！我要考试的呀！"同学们在旁边嘲讽："你就会写两个字！考什么试？"这种出于本能的恃强凌弱，渲染着人最原初的残忍。

这件事后，顾混子转来我们班，情况变本加厉了。作为"小霸王"，顾混子统领着男生霸凌傻孩子，花样层出不穷。最严重的一次，男生们合计着在大门上面放了一盆黑水，逼着傻孩子推门进去，最后被淋了个通透。男生们奸计得逞，笑成一团。他呆愣愣地立在原地，面无表情。可能他真的不知道自己到底错在哪儿了。

这事闹得傻孩子的爸爸都来了学校。在所有同学的家长中，我们最眼熟的就是这位爸爸。他瘦削、高挑，穿着条纹POLO衫，扎进西装裤里，黑皮带上挂着一大串钥匙，走起路来"丁零当啷"。

我们都很害怕任爸爸，但他只是径直走到教室把傻孩子领走了。我看见任爸爸半蹲下来脱下傻孩子的衣服拧水，抖了抖重新帮他穿上，再帮他整理了头发，然后重新站起来，搭着他的肩膀，缓缓向校门口走去。印象中，我看着傻孩子的背影，看到他低头拿右手抹了抹眼睛。

我们最后一次见到傻孩子和他爸爸，是在五年级上学期。男生们趁傻孩子不备，把他的整个书包从窗口扔了下去。我很少见傻孩子哭，那便是其中一次。他挤一下眼睛，豆大的泪水就径直掉落，喉咙深处发出断断续续、若有似无的哀号声。我和几个女生跑下楼给他捡本子，回到教室门口，还被顾混子拦截了。我们其中一个是副班长，一声喝令就把他们吼开了。我们都没说话，默默把书放到他的桌子上。他依旧挤一下眼睛，掉两颗眼泪。

不多久，任爸爸来了，走到傻孩子的位置上，默默地把书本塞进他的书包。男生们躲在教室门外向里张望。和往常一样，任爸爸对那些欺负自己儿子的男生，一句责怪都没有。他只是拎起傻孩子的书包，搭着他的肩膀，和他一起慢慢走出了教室。我看见桌上还有一支铅笔，壮着胆子跑出去，追上任爸爸："叔叔！这是任××的铅笔！"他回头接过，摸了摸我的头，一言未发，却极尽温柔——和男生们口中的恐怖形象一点儿也不一样。

这是我们最后一次见到傻孩子。直到最后，傻孩子也没有出现在我们的毕业照上。而我们每个人，都背负着沉重的原罪，慢慢长大了。不知道傻孩子，现在有没有好好长大呢？

不被原谅的异类

文/陈小艾

高二那年，我像个巨大的谜团被塞进那个班级。小城的那所中学狭小、闭塞，仿佛终年都不会有什么大事发生，因此我这样一个转学生很快便成了全校的焦点。平日走在校园里，我时常会觉得周围探询的目光快把我戳成蜂窝煤了。

教我们语文的王老师刚刚大学毕业，讲课风趣幽默、不墨守成规，人又仪表堂堂，深受大家喜欢。王老师跟大家也都打成一片，对班上的一名女生尤其青睐。那个女生坐在倒数第二排，上语文课时，很多时候王老师直接搬只凳子坐在她旁边讲课，这导致班里有一大部分人听不清他讲的内容，其中便包括坐在教室前排的我。

"老师，您在那里讲课我们听不到，讲台才是您应该待的位置。"那堂语文课上，我不知道从哪里冒出来的勇气，从座位上站起来，以一种伸张正义的大无畏姿态向王老师正式"宣战"了。原本闹哄哄的课堂瞬间鸦雀无声，同桌沈峰川悄悄拉了拉我的衣角，示意我坐下，可我依旧微仰着头固执地站在那里，直到看着王老师从教室后排慢慢地挪到讲台上，我才坐下。那个时候只有16岁的我尚不明白，在这样一件大家早已司空见惯的事情上，每个人都已经习惯了沉默，而我这个后来者却像个异类一样打破了这种沉默，成为他们平静生活的擅闯者。

似乎是一夜之间，我发现身边几乎所有人开始有意无意地疏远我、孤立我。王老师依旧是大家最喜欢的年轻老师，甚至连他格外偏爱的那个女生也并未受到什么影响，唯独我的生活全然被改变了。那种感觉就好像是，我正努力尝试融入他们的生活，却忽然被告知，通向新世界的门被关上了，而且永远不会再为我打开。

我觉得没有人理解我、体谅我、支持我，我变得越发孤僻，随时随地保持一副拒人于千里之外的样子。从我转学到这个班里开始，沈峰川便一直是我的同桌，他愿意一直做我的同桌，是我转学以来仅有的几件让我感到温暖的事之一。

高二升高三的那个暑假，有一件大事发生，期末考试我不仅再次取得了全年级第一名的好成绩，而且在全市八校联考中也排在了前五名。我凭借亮眼的成绩获得了更多老师的关注和厚爱，班里同学对我的态度也和善了不少，经常会有人围在我身边跟我讨论问题。

高三开始，王老师不再担任我们班的语文老师，新语文老师李老师是个笑起来眉眼弯弯、脾气温和的女老师。她欣赏我的文笔和才气，兴许是因为从别处听说了我之前的"遭遇"，私下里对我总会多一些关心和爱护。她会偷偷塞给我一些对阅读和写作有益的课外书，也会在我成绩出现起伏、情绪焦虑不安时开导我。她的到来，一点点补全了我原本残缺不全的世界，让我不再像个突兀的异类一样支棱在热闹的人群之外。

不久后，我便跳上绿皮火车，离开那座曾带给我巨大失意和挫败感的小城，心中并没有太多波澜。后来，我收到沈峰川发来的消息，他说："我一直很喜欢你，我知道你总有一天会成为更好的人，拥有亮闪闪的人生，所以喜欢你这件事，我一直在学着努力藏好。"

也许今生我们鲜有机会再聚首，但我永远不会忘记同他们在一起的那段时光，那亦是我无比珍视的闪光回忆。

我不是胖女孩，请叫我超大号美人

文/蝶离岸

每个孩子都读着童话长大，童话里的公主往往纤瘦动人。如果那个午夜十二点从华丽的宫殿逃跑的灰姑娘是个160斤、穿着41码水晶鞋的胖女孩呢？

当韩国电影《丑女大翻身》大热的时候，人们相信，只要你换上一副美丽的外表，整个世界都会对你善意相待。而由艾米·舒默主演的电影《超大号美人》的女主角蕾妮却恰恰相反。她虽然是一个高端化妆品公司的职员，但因为身材肥胖，只得在唐人街暗无天日的地下室，和一个宅男同事从事着从不露面的网络工作。

蕾妮因为一次动感单车事故摔晕过去。当她醒来，她看着镜子里的自己，发现自己的外貌和身材变得无可挑剔！从这里开始，电影进入了一场反套路的喜剧路线——蕾妮的外貌在别人看来并没有发生任何改变，而她却看到镜子里的自己成了一个不折不扣的美人！

从此，蕾妮的生活发生了巨大的改变：她开始面试一个自己梦寐以求的总公司前台职位，自信地和众多模特样貌的美女一起工作。她在干洗店误以为一个男生要搭讪自己，便主动留了电话给他，因而收获了一段真诚的爱情……但事实上，在蕾妮身边围绕的美女和朋友眼中，她只是一个莫名地对自己感到自信的普通胖女孩。

世界上本没有美丑，当大多数人对于美的概念达成一定程度的共识时，他们会以这个标准去衡量每个人的长相。其实仅仅只有少数人符合这个所谓的框架，而剩下的大多数的平凡女孩，却拼了命削了骨减了肥，像灰姑娘的两个姐姐把脚塞进不属于她们的水晶鞋一样把自己生生挤进那个模子里，哪怕自己遍体鳞伤。但在这个世界上，每个女孩都有一双属于自己的水晶鞋，哪怕它是41码，它也是独一无二的，仅属于你。

电影中设置了两个与女主角对立的角色，一个是这家化妆品公司的CEO（首席执行官）莉莉，还有一个是蕾妮在动感单车房偶遇的模特。有意思的是，这两个传统意义上的美人，却也有着自己面临的问题，一个因为嗓音奇怪而嫌弃自己的声音，另外一个则被男朋友甩。看，这世界上的任何人都有自己的苦恼，与美丑无关。

蕾妮觉得自己变美后开始精心打扮，穿着红色的连衣裙与人侃侃而谈，带着自信的笑容面对每一个人。那时的她，从骨子里散发着魅力，她可爱的灵魂被无限放大，正引导着她自己的人生转向幸运的一面。

电影的最后，她发现这一切都不过是一场美丽的误会，她从头到尾都没有变成所谓的美女。这时她才突然醒悟过来，这些本就是她可以拥有的——以一个最真实的自己能够得到的一切。这个世界不乏美丽的人，但好看的外表千千万，有趣而自信的灵魂却会在人群中闪着光。

如果哪一天女孩们愿意去改变自己，希望你们是想要去换取一副配得上自己实力的躯体，然后活得自在。

因为这世界上独一无二的你，值得。

靠近云朵的少年

文/落 安

1.

今天是C大的百年校庆，顾南延是被室友拖着来C大凑热闹的。而在C大的礼堂里重逢洛云轻，于他而言是意料之外的场面。

如果不是看到对方右眼角下标志性的心形胎记，顾南延几乎不可能认出洛云轻来。她的个子高了不少，整个人瘦了一大圈，脸上的婴儿肥尽数退去，露出精致的五官。他一时间无法将此刻光芒万丈的她与曾经穿着加肥校服、圆润笨拙的她相重叠。

2.

高中的洛云轻并没有什么存在感，顾南延是怎么注意到她的呢？大概要归功于她隐藏在骨子里的不安分。在高一的某次班会上，她突然站起来反驳班主任对衣着暴露又喜欢在夜间出门的女性的刺耳言论。"老师，我觉得有些人的选择是情有可原的。我希望老师能稍微改变一下自己的观点。"

结果班会上的这个小插曲以洛云轻被恼羞成怒的老师喊出去罚站而告终。走出教室的时候，洛云轻慌乱下撞在了顾南延的书桌上，戏剧性地撞出了他藏在课本里的手机。他叹了口气，在同学们的哄笑声和班主任冷厉的目光下，自觉出门罚站。此时正值深秋，走廊上过于凉爽，他深吸一口气，就听到洛云轻低声道："对不起啊，同学。"

顾南延本想像武侠小说里的主人公那样大义凛然地说句"小问题"，又觉得不捉弄一下罪魁祸首会显得有些吃亏。于是他佯装生气，瞪着眼睛转过头去看她："哼。"

这一瞪就瞪出了新大陆，他将目光紧紧地锁定在她的右眼角下，惊奇道："你这胎记居然是心形的，我以为只有小说里才有这种形状的胎记。难怪你敢和班主任顶嘴呢，原来是个侠女。"话一出口他就意识到了自己的不礼貌，正纠结着要不要道歉，就瞧见她朝自己露出一个了然的微笑，"小问题。咱们这是扯平了。"居然盗用了我的台词。顾南延再一次瞪着眼睛。被罚站了还笑得这么坦然，这姑娘搞不好真是个侠女。

3.

顾南延没想到会和洛云轻成为同桌。照惯例，每次月考后都会根据成绩来排位置，那次他发挥失常，十分不情愿地坐到倒数第二排。挨着他坐下的洛云轻安慰他道："你往好处想想，至少这里空气不错。"他没忍住好奇，问道："我记得你考得没这么惨吧？""这里挨着图书角，"她指了指贴墙放置的书架，笑得十分得意，"我在里面藏了漫画。"她的笑似乎有种魔力，连带着原本阴郁的他一起明媚起来。

那天班会上，他不出意料地被班主任点名批评。"顾南延，你的政治又考得一塌糊涂！"他们班的政治老师惯常用多媒体上课，讲课的内容和课件一字不差，顾南延早就看不惯政治老师的讲课方式，随便答题是他无声的反抗。

"老师，您应该听听政治老师的课，再决定要不要批评顾南延。"声音从耳边传来，他一侧脸就看见她眼角的心形胎记。班主任翻出洛云轻的试卷，指着她刚过及格线的分数，不屑道："我看你的政治分数也不高，自己不认真学还要怪老师吗？"之后的班会班主任没有再提他考砸的事情，一直在数落洛云轻。

放学时，顾南延装作不经意地问道："你也不满意政治老师的讲课方式？""那倒没有，"洛云轻语气十分诚恳，"我只是觉得那个时候你需要有人帮你分担一下班主任的'超级冲击波'。"如春风吹过冰原，融化了他心里的某处角落……

国庆小长假一回来，他就看见伏在位置上奋笔疾书的洛云轻。他慷慨地把自己的作业递到洛云轻面前，洛云轻笑着接了过去。所以当地理老师在讲台上拿出两份写着自己名字的作业质问时，顾南延只想把洛云轻拎出去扔了。走廊上的冷风十分喧嚣，顾南延恨铁不成钢道："我两次罚站都跟你脱不了干系。"洛云轻望了望天，惆怅道："缘分啊……"

高二的洛云轻突然开始发胖，短短一个寒假内壮实了一圈。好在她心态不错，并没有因为自己的圆润而苦恼。高三她选择了暴饮暴食缓解压力，成功地又把自己养肥了一圈。

"顾南延，你这次月考是怎么回事？"班主任沉着脸发出警告，"我看你和洛云轻关系不一般。你们现在正处于人生的关键期，可别把心思放在学习以外的东西上。"

"老师，我们就是单纯的同桌关系，"害怕班主任回头找洛云轻的麻烦，顾南延一个劲地做自我检讨。班主任表示怀疑，"可我怎么看到你上课会盯着她发呆？"为了避免班主任把他和洛云轻调开，他慌乱道："我是在看怎么会有人能吃得圆成那样，我怎么可能把心思放在一个胖子身上？"情急之下说出的话虽然可能出于无心，但依旧伤害了不知情的人。

班主任的表情突然有些尴尬，顾南延顺着她的视线望去，就看见了洛云轻。他的心瞬间提到了嗓子眼儿。"对不起"三个字卡在了喉咙里，一时间他觉得进退两难，而门外的她猛地跑开了。从办公室回到教室的时候，洛云轻已经把自己的桌子搬到了离他最远的角落。在高三最后冲刺的这段时间，藏在图书角里的漫画被她扔进了垃圾篓，她将整个人埋在模拟卷里，拒绝和任何人交流。

一直到高考结束，她推掉了同学聚会，甚至缺席了拍毕业照。她退出了班级群，拉黑了顾南延的所有联系方式。怎么会有女孩子不在意自己的外表？如果有，也可能是假装的。

"好久不见。"他一开口才意识到自己的声音微微有些发抖。她抬起淡漠的眼，看清来人后重新将视线放回书上，似乎并不想与他有过多的交流。"我想说……""没什么好说的，"对方开口，语气一半熟悉一半冷漠，"叙旧不在我的计划之列。"她突然合上书，道："我先走了，你玩得开心。"顾南延觉得这可能是史上最冤的一次罚站了。

"洛云轻！"他叫住正准备坐上出租车的她，"对不起，"他将积压在心底的歉意道出，"我从来都不觉得你丑，"不等对方回应，他钻进去后笨拙地靠近她。他笑得有些无奈，"这句'对不起'，早该在办公室门口就说给你。"

"你这是干什么？"洛云轻不解。"对不起，我曾经让你很难堪，"顾南延垂下眼睛，"洛云轻，我知道你不会轻易原谅我，但我就想试试你能不能在某个时刻想起咱们这经常罚站的革命友谊，觉得我还能抢救一下……你笑一笑吧，我给你表演一个胸口碎大石？实在不行，你踹我两脚吧。唉，你到底是经历了什么瘦成这样，揍人都没高中时下手重了。"顾南延捂住发红的耳朵，疼得龇牙咧嘴。

"原来你死缠烂打是为了减肥秘诀啊！"对面姑娘的眼里终于有了暖意，她"扑哧"一声笑出来，"得交钱。"一时间，他仿佛听到积雪融化的声音。四目相对，她咧开嘴角，梨窝浅笑一如当年。

313的不眠时光

文/崔俊源

313宿舍是我中学时代记忆的终点,也是陪我度过许多漫漫长夜的地方。男生宿舍的规格是四人间,唯独在尽头的那间比较特殊——由两个四人间连通,组成一个六人间。开明的班主任让我们自己挑选舍友,却又隐隐流露出"你们最好有自知之明,不要选在一起"的暗示。虽然如此,最后却放任大家住在了一起,甚至连最后那个转班换宿舍而来的兄弟,都是我的初中同学,这样的开端似乎已然可以预知结局。

最初那几天堪称复习史上的灾难。我们都是第一次感受宿舍生活,远离家和睡了不知多少年的床,却让人一点儿也难过不起来——11点回到宿舍,经过1个小时不到的温习功课和整理东西的时间,就再也没停止过聊天,内容天南地北,最后说些独属年轻人的酸甜苦辣和暧昧情事。

熬夜聊天其实并不稀罕,属于每个宿舍都曾做过的事之一,不同的是313的热情好客。我们"接待"了许多同学朋友,6个人、6张床,还有6张不小的桌子、两个足够大的房间,这里承担起午休时间和晚自习前的放松娱乐。

在那个封闭却相对自由的学校里,我们学习之余总试图找些洋相出。有同学借着我们宿舍的"斑斑劣迹",到我们的窗子边玩激光笔,闹得周围男寝连同对面女生寝室骂声不

断,我们干脆一不做二不休,借着平日里回宿舍断电前的最后30分钟点起了一盏亮度较高的夜灯,吊在窗边,吸引着大家的目光:"喏,就是这里,就是这里住着一群'妖魔鬼怪'!"

更可怕的一次是众人终于下定决心,在高考的英语听力考试结束后,把那本困扰我们整整6个月的书点成了一团明亮的橘黄,最后在手忙脚乱扑灭时,宿管循着味道找上门,带着一丝绝望和无奈:"怎么又是你们?"灰烬连同烧香一般的味道残存了整整一周,串门的人都问我们:"你们这儿上坟呢?"我们不屑地一笑:"哥们儿祭奠的是青春。"

313看起来放荡不羁,却是一个温暖贴心的地方。我在这里度过了我的成人礼,亲手把一个16寸的慕斯蛋糕分给20多个人,在微弱的烛光下接受叽叽喳喳的祝福和调侃,那是我唯一一次开那样简朴而又热闹的生日会。

可别看了这些就以为313窝着的尽是些混混,班级成绩前五名里有三人居于此,我也勉力能做其中之一。白日里我在数理化的战场上挥戈斩棘,等到星辰在夜空中闪耀时,一切硝烟退却,我便同一群人吹着口哨,晃晃荡荡回到313战壕里,就着酸奶、泡面这等奢华夜宵细数余下的日子,一同幻想未来的潇洒。

我的预言成真了,那样快乐的日子后来再也没有了。我们也再没有在313里烧余下的书,而是将一部分笔记留在柜子里等后来人发掘。临走时我摩挲着自己在桌子上用力写下的"学"字,它已然成为313的一部分。后来人不知道这里曾发生过什么,甚至会把这个字抹掉,也许他们将要度过比我们还要精彩得多的日子,也许他们也会在这里睡不着或是不想睡着。记得离开前的那一晚,我们豪情万丈地说"今夜不眠",却依然沉沉地睡去了,倒是第二天离开时的阳光,格外绚烂。

关于睡觉这件小事

文/杜笑颖

我是一名学生，我的睡眠不太好，属于两个"凡是"的典型代表：凡是晚上都睡不着，凡是早上都起不来。

平时我住宿，在学校我睡不着的原因主要是室友太吵，俗话说三个女人一台戏，我们宿舍常常两台大戏同时开锣，如果将一台唱念做打俱全的比作京剧，那另一台高亢嘹亮贯穿始终的好比秦腔。哪怕在熄灯之后，她们还在四海八荒地聊，不同的是音量压低了，低到宿管老师听不到，可我听得真真切切，我想一个人静悄悄地入睡绝无可能。

周末回到家，我妈坚定不移地认为使我睡不好的罪魁祸首是手机，根据我们的家规第一章第二十二条：手机必须在夜里11点前放回到书架上。不是我房间的书架，是妈妈房里一个秀气的楠竹书架。将厚厚的遮光窗帘拉上，熄了灯，戴上眼罩，被子裹紧，眼睛闭上，即使这样，我仍然睡不着，清醒得犹如一台只关掉显示器，CPU（中央处理机）还在高速运转的台式机。

妈妈特意在我床头放了一瓶香薰，佛手柑味的。她让我闭上眼睛深呼吸假装自己置身于一个果园。"我假装不了，谁家果园里面到处都是书呢？"我搞不懂她怎么想的。

"你为什么睡不着？"她这话已经问过我很多次了。

"我就是睡不着，可能是害怕，也不一定。"我觉得她像个爱提问的小孩。

"你在怕什么？"她明明知道答案，还一直问，这让我很烦。

"我就是不知道怕什么才怕，要知道怕的是什么说不定我就不怕了。"这段话我自己说着都绕，不知道她能理解不，毕竟她平时做我的阅读理解就丢分丢得厉害。

具体令我害怕的是什么，大概只有天知道。

也许是窗外的未知，黑暗中，我总觉得有些东西藏在窗帘里，要不躲在窗户外，或者不远处的山里。白天我并不是一只胆小鬼，跟男生争篮板球的事我从小到大就没少干。

使我恐惧的或许就是恐惧本身，在夜里，这种恐惧呈几何倍数递增，我躺在我的卧室小床上睡不着，像个还没烙熟的鸡蛋饼翻来覆去，妈妈靠在床上看书，窸窸窣窣的翻书声在夜里犹如一只出洞觅食的小老鼠，妈妈起床去刷牙，我甚至能听到她拧开牙膏又放回盥洗杯的声音。

"要不你睡前喝一杯温牛奶试试？"妈妈吐掉嘴里的泡沫小心翼翼地提议。

"试过了，没用。"我试过，凉的、温的、热的牛奶都喝过，早餐奶、果粒奶、加钙奶通通不管用。

妈妈过来我房间看看我，摸摸我的头，张了张嘴没再说什么。

睡眠是个好东西，要不老天爷怎么给人人都分配一些，时间还不短？我想会不会分到我面前的时候，老天爷的手像饭堂大妈掌勺一样，一不小心抖了一下。

从前慢，一天能睡两次觉，睡一次是一次，结结实实，规规矩矩，一挨着枕头我就立刻进入梦乡。

十岁那年，一个春意盎然的下午，爸妈在家里大吵一架，砸了花瓶和碗碟，客厅里陶瓷玻璃碎片满地都是，连扫三天。爸爸搬出去之后，就再也没回来，我从那个时候开始失眠，时断时续，时好时坏，转眼我就十六岁了。

刘秀通过成语建立了一个有利于东汉王朝稳定的文宣网络,大大减小了他统一天下的阻力。

东汉是个很有趣的朝代。中国的再建王朝里,唯一算得上是统一王朝的,只有延续西汉的东汉。在东汉,蔡伦发明了纸张,张衡发明了地动仪,罗马的哲学家皇帝马可·奥勒略·安东尼向中国派来了使者,与大汉朝互相加了"好友",而今天日本的最早的官方记录也来自东汉。但让人遗憾的是,东汉对今天的影响这么大,其在公众印象里的存在感却很弱。今天的中国人虽然可以忘记刘秀,但是要是说话不引用刘秀的话,则颇为不易。原因很简单,光武帝刘秀是个成语达人,而今天中国人说的很多成语就是他发明的,或是他手下发明的。

比如"有志者事竟成"这成语,便是刘秀用来表扬他手下的将领耿弇的。耿弇在攻打地方割据势力张步的时候,拔出敌军射入自己大腿的箭,依然坚持不下火线,所以刘秀才说他"有志者事竟成"。

"疾风知劲草"这成语,则是刘秀用来表扬他手下的将领王霸的。王霸在刘秀的部队被王莽的官军追得走投无路时,坚持带领士兵冒险踩冰过河,救了刘秀一命,尽显"疾风知劲草"之本色。

"马革裹尸"这成语,虽然不是刘秀自己发明的,却是他的爱将马援的名言,其原文是,"男儿要当死于边野,以马革裹尸还葬耳,何能卧床上在儿女子手中邪?"表现的是说话人急于为东汉王朝建功立业的心态(《后汉书·马援传》)。

而若论刘秀发明的成语中最有名者,莫过于"得陇望蜀"了,其出处是他在给爱将岑彭写的"人若不知足,即平陇,复望蜀",意思是:岑彭你打下了陇地后不要骄傲自满啊,应当再接再厉拿下蜀地啊!这分明是非常励志的话,但经过多年的变迁,今天的"得陇望蜀"一语反而带有"得寸进尺"的贬义了。

其实,刘秀与其说是一个皇帝,还不如说是一个商业兼并达人。他在统一天下的过程中,合并或者消灭的地方武装包括更始帝、铜马军、赤眉军、公孙述、隗嚣等,其间涉及的人际关系可谓错综复杂。在这种情况下,如何团结盟

光武帝刘秀,《中国成语大会》喊你来参加

文/徐英瑾

友、孤立敌人,就成了他的"并购"计划是否能够成功的关键。

在当时的生产力条件下,刘秀进行此类政治操作的基本手段无疑是文牍书信,因此,语言运用,包括对于成语的运用,就会成为达成上述操作目的的关键。再者,成语的特点便是朗朗上口,区区几个字能够抓住事情的本质,同时又不失雅正之风,不会丢说话人的份。

换言之,刘秀通过成语建立了一个有利于东汉王朝稳定的文宣网络,大大减小了他统一天下的阻力。

"心理账户"原则,一对旧藤椅

文/岑 嵘

"心理账户"是2017年诺贝尔经济学奖获得者理查德·泰勒在1985年的一篇名为《心理核算和消费者选择》的论文中率先提出的。通俗点儿说,"心理账户"就是人们在获得收入或进行消费时,总是会把各种不同的收入和支出列入不同的"心理账户",比如"家庭日常开支账户""消费娱乐账户""孩子学习账户"……如果是"买彩票中奖的钱",就比较容易大手大脚使用,"朝九晚五的辛苦工资"我们则会精打细算,把钱花在"负责任的事情"上。

有一次,我应邀做一个讲座,话题就是关于"心理账户"的。我举了金庸小说中的例子,比如在《连城诀》中,狄云对新买的衣服倍加珍惜,因为买衣服的钱是卖掉了和他感情很深的黄牛换来的;而《鹿鼎记》中韦小宝则出手大方,因为钱是他通过赌钱作弊赢来的……有个朋友特地赶过来听了我的讲座,这个朋友是70后,家中的独生女,再次碰到她时,她对我说:"我想讲讲我们家的故事,也许这也和'心理账户'有关吧。"

于是她对我讲了这个故事:

在1980年,母亲又怀孕了。然而,一来家中经济条件不是太好,再要个孩子担心负担不起;二来父母的工作太忙,实在没有精力再抚养一个孩子。考虑良久,父母决定不要这个孩子。很快,父母领了独生子女证,按照当时的政策,还可以有27元的独生子女奖励。当时父母一个月的收入也只有20元左右,因此这笔钱对我们家庭来说是不小的一笔款子。

因为家里什么像样的家具也没有,于是母亲打算添置点儿什么东西,想来想去最后拿这笔钱买了一对藤椅。椅子带有藤制品特有的光泽,靠背和扶手还编有精美的花纹,母亲又给它们配上自己做的垫子,它们就成为家中最奢侈的家具了。傍晚,父亲喜欢在昏黄的灯光下舒服地坐在椅子上看报纸,母亲则往往是坐在另一把椅子上织毛衣。那是他们一天中最轻松的时光。母亲也常常念叨起那个没要的孩子,她常常对我说:"也就是多了双筷子,当时咬咬牙辛苦一点儿,现在你就有个弟妹了。"说完就看着那对藤椅出神。

藤椅用了很多年,边边角角磨得发亮。它坏了修,修了又坏。几次搬家明明已经放到门口准备扔掉,但最后还是拿了回来。一晃眼十七八年过去了,这期间家里也发生了很多大事,包括父亲去世。因为这两把椅子实在破得不像样子了,最后母亲决心把它们丢掉。临了,母亲又依依不舍抚摸着椅子好久。终于,我们开始缓缓往家走,母亲边走边不停地回头看,终于到了拐弯处,我忍不住随着母亲驻足回头看去,这两把椅子孤零零地站在垃圾桶边上,像是被遗弃的小狗,绝望地蹲在原地忠诚地等待着主人;还像是走丢的孩子,站在路边低声哭泣;又像是家中要远行的亲人,在暮色中向我们告别……"为了一对旧藤椅,母亲回家竟然哭了一场。"朋友说。

"突突车"大冒险

文/音乐水果

1

在印度旅行的日子,几乎每天都会与意外相逢。

结束在"黄金城市"杰伊瑟尔梅尔的游玩后,我选择乘火车到印度首都新德里。但在距离目的地还有几十公里的地方,火车居然罢工了,停在了荒郊野岭。自从几天前遭遇了陌生人的求婚,我相信在印度任何事都可能发生。

2

我回到车厢坐好,耐着性子等了又等。同车厢有一批商务人士打扮的当地人,其中几个人推开窗户四下张望了一下,然后拎起行李就走。其余几个商务人士默契地跟着下了火车,动作敏捷得如同一队西装革履的特务。我还没来得及向他们咨询,几辆"突突车"已载着他们绝尘而去。见此,乘客们纷纷醒悟,越来越多的背包客也准备下车。

我完全蒙了,以前遇到的最多是火车晚点或取消,可要是火车就地罢工,我该怎么办?一个当地人给我出了个主意,他让我先不要拿行李,找个"突突车"司机问一下价格,看看去距离这里最近的火车站需要多少钱。如果拿着行李,可能会被司机漫天要价。

千恩万谢一番后,我立刻跳下火车。一个戴着圆眼镜的欧洲男生像极了哈利·波特,跟着我一起去。

我们伸手拦了一辆车询价,司机比画了"五"的手势,意思是到最近的火车站需要500印度卢比(约合人民币48元)。谈完费用,我们再回到车上拿行李。

为了均摊车费,我们两个中国人和六个英国人组成了搭车队伍,直奔"突突车"。"突突车"司机把我们的行李扔到车顶,我和中国小伙伴坐在司机两侧,三位英国女士挤在中间,另三位英国男士则"挂"在车后,用脚踩着车子边缘,整个人悬在半空中。就这样,我们一行人颇为壮观地驶向了下一座城市。

3

载了这么多人,这辆"突突车"以龟速前进,比我步行快不了多少。路过的车子都纷纷减速,像看大熊猫一样看着我们哈哈大笑。

我的视线则落在大片大片

的农田上，印度冬天的日照也十分充足，无边的绿意令人感到惬意。

然而，好心情没延续多久，我发现司机竟然掉了个头。我担心地问："怎么了？"司机淡定地说："开错路了。"我想，你不是这附近的村民吗，怎么会不认路？司机边开边问路，路过了一片又一片农田，就在我们绝望之时把我们送到了火车站。

付车费的时候，司机却突然翻脸了："我说的是每人500卢比，不是一共500卢比。"然而，我和"哈利·波特"都确定，我们听到的就是"总共500卢比"。见我们人多势众且一副要讲理的架势，司机犯脾气了："你们随便！车费我不要了！"我气得想扭头就走，但六个英国人中有一个稍微年长的男士一直礼貌地和司机交涉。没想到司机异常倔强，就是不肯要钱，英国男士只好把钱卡在他的车上，然后大手一挥："咱们去乘火车！"

我们一行八人跳上了开往新德里的火车。刚被火车甩下来的我，找到列车员反复确认："这是去新德里的？你们的首都？"列车员不得不反复安慰我，一定会把我们送到新德里。好在，逃离火车罢工的过程虽曲折，但我们最终都平安抵达了新德里。

从印度回国后，其中一个英国女士给我发信息："很开心你们也平安到家了，在这次印度之旅中，我印象最深的就是咱们一起坐'突突车'找火车站的事了，简直是一场大冒险！"

"破"与"用"

文/佚 名

大家都很熟悉杜甫的两句诗："读书破万卷，下笔如有神。"说的是读书多了，下笔就好像有神帮助。一千多年来，大家都觉得这两句诗说得很有道理。

到了清代，诗书画绝妙的郑板桥对这两句诗好像有点儿不同的看法。他也写了几句诗："读书数万卷，心中无适主。便如暴富儿，颇为用钱苦。"

该怎样认识他们的分歧呢？

"读书破万卷"，所强调的不是万卷之多，而是要深入理解。古希腊哲学家亚里斯提卜有一个形象的比喻："能够摄取必要营养的人要比吃得很多的人更健康。"他从正面说明了读"破"比多读更重要的道理。

"读书数万卷，心中无适主"，改"破"为"数"，表明郑板桥不是在批评杜甫的看法，而是在批评食而不化的读书作风。这种人读书越多越无主见。郑板桥将其形象地比喻为钱多而不知如何用的"暴富儿"。

再见，我的超级中学

文/禾宽

我是由一个普通中学考入毛坦厂中学的学生。一直听说毛中是个比较严厉的学校，一度懒散惯了的我不太想去。但是要知道，当时的毛中已经深入人心了，那就是金字招牌。所以我爸跟我说，就去毛中。最后我妥协了，接下来就是三年辛苦的高中生活了。

毛中的学生很多，我们那一届新生有五千多人。那一年学校学生总人数是一万五，真的是名副其实的超级中学。

在毛中的生活是这样的：早上六点起床，六点半早自习，七点半早自习结束，八点二十上课，中午十二点放学，下午两点上课，大多数人都是吃了午饭，立即回到教室随便趴一会儿就继续看书。

下午五点半下课，然后吃晚饭，接着就开始六点半的晚自习，一直到晚上十点半。十一点学校熄灯，很多同学在下了晚自习后还会一直看书到熄灯后再回去。对于一个从来没上过晚自习的人来说，一下子要上那么久，实在熬不住，根本坐不下来。爸妈每月看我一次，带很多吃的用的。

毛中的学习气氛很紧张，我们基本上隔三岔五就有考试。考试时间怎么安排？当然是在晚自习时间考试了，一般都是从周五晚自习到周六一整天。

周一班主任会在早读结束前把排名贴在教室里面，有的班级会把排名贴在教室外面，一般都在门外面。

班主任照顾到我们的面子，就只贴在教室里。这样做的效果很好，因为毛中有很多曾经的初中同学，所以考得不好被看见是件丢人的事情。排名不好的，会被班主任喊到办公室谈心。

晚上要按时熄灯，宿舍管理员阿姨在熄灯后会检查每个宿舍，发现有声音有亮光的会警告，不听的会直接举报到校长办公室。

总体来说，高中的生活是枯燥的。没有在毛中读过书的人不会知道。但从这个学校出去的人其实也很少有像外界传说的那种恐惧。

三年时间给我最多的感受就是，里面的每一个老师都比你自己，甚至比你的父母更想让你考上大学，对于一个学生来说，在这样的环境中，就够了。

高考完我就离开了，后来再也没有回去过。但是，那仍然是我人生中无法忘怀的一段经历，为了理想不断努力，甚至是挖掘出自己从未有过的潜力。

至于别人说的高压力、军事化管理，我想说：首先，进毛中对于分数是没有门槛的，每年能有这样的成绩，已经是传说了。

其次，由于生源质量参差不齐，不进行相对的严格管理如何才能出成绩呢？并且无数批从毛中走过来的学生都可以证明，压力是属于完全可以承受的范围。

毛中只是想让更多上高中之前没有赢在起跑线上的、落后一段的学生，取得于自己而言满意的成绩，让更多人通过努力得以完成自己的大学梦。

似有雪来

文/董改正

你说：你听，下雪了。

我听。沙沙，沙沙沙，细密的静……

我不用掀帘，不用披衣，吱呀开门，就知道漫天里都是雪子，细沙一样，细盐一样，洒在屋顶的小瓦上。瓦青黑，湿冷，瓦上生苔，此刻生烟，雪烟。我听见细小的白，一粒粒嵌入那干绿的苔里，听不见仰瓦的声息，听得见覆瓦的清脆如磬。我听见晒物竹篙上的葫芦，发出笃笃的轻响，就像一万个敲门声。我能想象黑褐的葫芦里，万千葫芦籽"嘘"声压唇、调皮坏笑的样子。我能想象桐木锵锵，椿树梆梆，"鬼拍手"潇潇一片。邻家的屋檐白了，草垛白了，邻家的窗开合一下，光泄如潮，千万颗雪子就扑了过去。狗惊疑地叫了几声。

远处，更远处，白了的先是田埂，田埂白了水田就黑了，水塘也就黑了，插在塘里的杆子，一半儿黑一半儿白。河岸白了，水就黑了，凝滞着悄无声息地流动，船不动，炊烟慢吞吞地瞅着天空。远山如黛，先白的是山尖。再远处就是梦了，梦里就是白茫茫一片了，腊梅香，红梅红，四行脚印通向远方。静，扑簌簌一声，鸟曳一声清鸣飞远，梅树雪落，如粉，如羽，让谁的眼皮一惊。

窗帘上的阳光，像一只白鸟，告诉我，雪并没有来临。我只是在想象里，或是神思出窍，在旧时光里经历了一场雪事。据说，想象也是一个世界，在一念起后，自足自在，自我演绎。那么，我真是一个无趣至极的人，我为什么不可以想得更好？比如说，有一个院落，可以盛雪，可以盛放笛声，可以有一个故乡一样的人？

一年过来，雨雷雾霜雪，因何雪最是撩人情思？在于它的彻底和纯粹吧？最好的雪，是要覆盖有一定厚度的，是纯粹的单一的白，将天地彻底换了颜貌，玉树琼枝，琼瑶世界，江山一笼统，井上黑窟窿，远山负雪，明烛天南，满眼满心满腹都是澄光，想长

啸，想吟诗，想给友人打电话约一场酒。景是新的，人似乎也是新的，心情也是新的，时间似乎也是锃亮的，似乎一切归零，一切都可以重新开始的样子。

需要一个结束，好的、不好的生活，都需要。好的需要检修，思考；不好的需要重启，杀毒，重做系统。所以，需要一场雪，冷冽，清寂，忘记。需要重新开始，起跑线或许不一样，但都充满希望。过去虽然像磁铁一样影响今天的方向，但所有的起跑都是挣脱地球羁绊的努力。一片崭新的白，最能吸引脚步，就像一纸素笺，最能感动饱蘸浓墨的笔尖。这样的白，就像初恋。

雪是时间的葬礼，所以凛冽、肃杀，零度以下。雪是时间的婚礼，所以洁白、纯净，雪地梅花。窗外渐渐喧闹，一蓬蓬的鸟声，可以装满一篮子又一篮子。一阵香来，细闻又不见。香是花的神思出窍吧？邻居正在劈柴引炉，听见响声，仰头是我，笑道："太阳真好，像是春天呢！""是啊。昨晚下雪了吗？"

"下了，吓着我家的狗了。"这是一条半岁的拉布拉多，没见过雪。"狗牙梅也开了。你看。"他指给我看。墙角数枝梅，黄瓣蜡染，紫蕊如镶。我看到梅，这梅就香起来。

"你看，雪。"梅下的青苔里，一抔白雪。昨夜，似有雪来。

海底60小时

文/江东旭

2017年4月15日,潜水爱好者西斯科·格拉西亚和马斯卡洛潜入西班牙马卡略岛水下一个洞穴进行探险。准备返回岸上时,两人不小心在转角处碰了一下,搅动了脚下的淤泥,周围原本清澈的海水立即变得浑浊起来。就在他们准备沿着下潜时布置好的引导绳往回游时,意外发生了:引导绳不见了!

在海底迷宫般的洞穴中,引导绳是指引洞潜者原路返回的"生命绳",一旦失去,潜水员就极有可能因为迷路而丧命。两人在浑浊的水中四处摸索寻找,但一个小时过后,依然一无所获。

此时,两人已经用尽应付紧急情况时使用的氧气份额,只剩下返回的氧气量。如果在没有引导绳的指引下贸然行动,也许还没找到出路就因氧气耗尽窒息而死。

格拉西亚突然想起当地一位潜水员说过,附近有一个小洞穴,那里有一个没被海水填满的气穴。两人找到那个气穴,惊魂未定的他们经过一番权衡,两人决定由马斯卡洛带着剩下的氧气往外潜出,去找出路、搬救兵,格拉西亚则留在气穴里等待救援。

两人在海底告别,悲壮的神情写在各自的脸上,他们都不知道接下去等待他们的会是什么。

待马斯卡洛走后,格拉西亚对洞穴探查了一番。这是一个长约80米、宽约20米的洞穴,海水与洞顶之间有一个12米宽的未被海水填满的空间,就是所谓的"气穴"。格拉西亚还发现洞里最表层的水是淡水,可以饮用,还可以躺在露出水面的一块大石头上休息,这两个利好因素让他的情绪稳定了不少。

时间过去了七八个小时,被困在这与世隔绝的深深的海底,格拉西亚简直度秒如年。

不知过了多久,格拉西亚感觉水面上有光,还有人朝自己游来。他睁开眼睛,发现这是幻觉。

慢慢地,他失去了对时间的概念。饥饿和寒冷一点点地侵蚀格拉西亚的身体,绝望也在一点点吞噬他。黑暗中,格拉西亚摸了摸带在身上的匕首,如果实在撑不下去了,他就来个痛快的了断。

马斯卡洛在哪儿?他成功逃出洞穴了吗?救援的人快要到了吗?为了给自己打气,每当绝望的念头袭来,他就尽力想象获救回家后与妻儿朋友尽情庆贺、享受生命的美好场景。在这每一秒都可能把人逼疯的处境下,对生存的渴望依然是他对抗这一切的最后一根救命稻草。

又不知过了多久,格拉西亚似乎听见头顶的岩石传来一声巨响,他一个激灵,猛地坐起来,是马斯卡洛带人来救援了吗?然而,声音消失了,一切又归于沉寂。

一天过去了,两天过去了……饥饿折磨着他,寒冷、恐惧侵入他的全身。格拉西亚的神志开始模糊,生命体征已经接近临界点。就在他再次进入昏睡状态后不久,耳畔似乎传来有人游来的声音。

这样的幻觉已经欺骗过他许多次,他不再相信了。但那声音越来越近,蒙眬中,他还看见了潜水员的头灯发出的光。

他们真的来了!

此时,格拉西亚已经在水下熬过了60个小时。

经过精心的救治,格拉西亚很快恢复了健康。有人问他:"在暗无天日的海底,你是靠什么坚持了这么长时间?"格拉西亚笑笑,感慨地说:"是信任、忍耐和坚持。每个人可能都有被逼到绝境的时候,这时无论如何都不要轻易放弃希望,只有拿出坚持到最后一刻的毅力和勇气,才有可能迎来转机,创造奇迹。"

恭喜你，你有恐惧感了

文/毕飞宇

①

有一次我与一个盲人聊天，他说，他们有个共同的特点——胆小，他为此感到羞愧。但我祝福了他。他很奇怪，胆子小有什么值得祝福的？我说，胆怯的意义重大，它是具有生命意义的一个心理特征。

我儿子七八岁的时候胆子就很小，每当他感到恐惧的时候，我就会把他拉到一边，说："孩子，恭喜你，你真了不起，你成长了，你有恐惧感了。"

儿子最初非常吃惊，他问我，为什么所有的老师都鼓励他勇敢，我却为他的胆怯感到自豪。

我说，恐惧太重要了。如果在大白天爬山，你也许能健步如飞，可如果是在夜里，当你对外部世界失去判断的时候，你的胆量自然就小了。这是必需的，这就迫使你每走一步都要小心翼翼。

如果你在黑夜里爬山也像白天那样健步如飞，你一定会掉下去。这说明什么？说明老天爷对我们是爱护的，他给了我们一个无比重要的礼物，那就是胆怯。胆怯是上天对生命的提示，它让你保护自己，让你自珍自爱。

②

人是要往前走的，在往前走的时候，勇气当然很重要，但是，我们首先要弄清楚一个问题——你的勇敢是不是盲目的？生命从不孤立，它和周围有千丝万缕的联系。

在这些联系里，有些有益于生命，有些却有害于生命，这就需要我们有理性，能判断。当我们理性地处理了困难，再鼓足自己的勇气，这叫勇敢。相反，你毫无理性，只是草率行事，就是盲目。

你们也许要说，盲人看不见，所以胆怯是可以理解的，我们是健全人，我们什么都看得见，我们为什么还要有恐惧感？我想反问一句，你真的不是盲人吗？你能看见你的后脑勺吗？你看不见。这就叫局限。

③

这个世界上有许多声音，我们听不见，狗却能听见；这个世界上有许多气味，我们闻不到，猫却能闻到；这个世界上还有许多特殊的颜色，我们看不见，鸟却能看见。

科学已经告诉我们，这个世界上的许多信息我们人类根本捕捉不到。还有一点更重要，许多精神我们是领悟不到的，许多理念我们是领悟不到的，许多思想我们也是领悟不到的。

不要以为自己什么都知道了，什么都领悟到了，然后，无比勇敢，无比莽撞，一哄而起，一哄而散，这就比较要命。我们应该对这个世界再谦卑一点儿，不要那么自信，不要以为我们真理在握。

既然每个生命都是有局限的，那么，心平气和地告诉自己吧，胆怯一点儿，挺好。

请允许我偶尔的不坚强

文/艾米粒

1

8岁的时候,我想学骑自行车。

我找来家里快被淘汰的车子,破旧的墨绿色,车筐早已不见踪迹,车轮转起来咯吱作响,脚蹬的踏板已经脱落,只留下直愣愣的两根铁棒,穿着薄鞋底的凉鞋踩上去,硌得脚底生疼。

但这些并不影响我想学骑自行车的热情。我找来有经验的朋友,趁傍晚人少,在家门口的柏油路上练习骑车。

当时母亲也在一旁,于是我毫无顾忌地跨上自行车。车轮转起来的那一刻,我的大脑一片空白,将之前好友的嘱咐全然忘记。车子开始不受控制,左歪右斜,我双手紧握着车把,失声尖叫:"妈妈,快来救我!"

我拼命坚持了几秒,却没有等到母亲来救我。我重重地摔倒在地,笨重的自行车压下来,尖锐的铁丝刺入我的脚踝。鲜红的血液源源不断地流出来,我不敢动,疼得哭出声来。我抬起泪水横流的脸,渴望得到母亲的关怀。可母亲只是静静站着,面无表情地看了我一眼,丝毫没有过来扶我起来的意思。

我孤零零地坐在地上哭,地底的寒意从手心传入心底。

这件事让我一直无法释怀,后来我问母亲当初为什么没有过来救我,母亲惊讶地看了我一眼,理所当然地说道:"我是在锻炼你,是为了要你变得更坚强。"

我无法反驳。

直到现在,在我左脚的脚踝处还有一个梅花形状的疤痕。连同那年母亲冷淡的眼神,深深地印在我的脑海里。

可是,我也想能偶尔不坚强,想在我极度缺乏安全感的时候,得到一个温暖的拥抱。

2

12岁那年,我开始住校,被分进了混合宿舍,和几个师姐住在一起。

我身材瘦小,一副营养不良的样子,再加上初来乍到,认生胆小,自然成了宿舍里毫无存在感的人,也自然成了被欺负的对象。

那时我还不知道这就叫欺负。高年级的师姐经常爬上我的床,在上面聊天、吃零食,甚至吃饭。我看着崭新的床单上多了一块油污,却不敢对她们说一句"麻烦你们不要在我床上吃饭"这样的话。

唯一一次情绪爆发是在一个夜晚。一个师姐放在钱包里的零钱不见了,她召集起所有人,毫无顾忌地说:"我怀疑是××拿的!"××是我的名字。

一瞬间,所有人的目光都落在了我身上,我一言不发地冲到床铺那里,将所有的东西都扔到了她们面前,连同身上的外套,然后冷漠地说:"检查吧,不要放过任何地方。"

大概是被我突如其来的举动惊到了,丢钱的师姐象征性地翻了翻,尴尬地笑了笑:"没有就没有嘛!"说完便径自走开。

待所有人都走后,我才发觉自己在发抖。心里像是被堵了块巨石,气得直掉眼泪。后来丢的钱被找到了,那个师姐也没有向我道歉。

我打电话给母亲,话还没说出口,便声嘶力竭地哭了出来。我想说,我受了委屈心里很难受。可所有的话都还未到嘴边,母亲却在电话那头开口:"哭什么啊?这么大的人了,你要坚强一点儿……"

后面的话我没有听进去,只是哭得更凶了,什么话都说不出来。我忘记了自己是怎么挂的电话,只记得那晚缩在被子里哭了好久,第二天眼睛肿得像桃子。

当时有位和我要好的同学,她的家人经常会带着水果、零食来探望她。我暗暗羡慕她。和家里人聊天时,我常常旁敲侧击地暗示母亲去学校看望我,但是一次都没有成功。

在外求学多年,母亲最常说的话就是"你要坚强",所以我一直如她所愿,一个人在外不管受到什么委屈,不管遭遇怎样的困境,我都咬牙支撑着。

可是,我也想能偶尔不坚强。在我孤独无力的时候,有人给我一个可以依靠的肩膀。

3

18岁那年,我升入高三。兵荒马乱的高三岁月,我过得不尽如人意。原因很简单,我的化学很不好。

我和其他人一样认真听课,记笔记,做题,请教老师,但我不得不承认自己是个"化学白痴"。化学老师看着我的试卷,苦笑着说:"姑娘,你还是回家吧。"我知道老师没有恶意,也知道我的化学真的是无力回天。

有一次在模拟考试的考场上,我边做题边抹眼泪,一大张的化学试卷,我会做的题目寥寥无几。

考试结束时间未到,我便早早离开了考场。一口气跑到学校门口的小卖部,拨通了母亲的电话。"喂?"熟悉的声音一响起,我就哭出了声,断断续续地说:"妈,我想回家……"母亲以为我出了什么事,待我说清缘由,说什么都不许我回家。

小卖部的大叔用奇怪的眼神看着我,我哭得一塌糊涂。"我就是很累,想……想回家……"但母亲态度坚决,毫不松口。最后我只好妥协,答应母亲回去继续参加考试。

考完之后,我得了一场旷日持久的感冒。这场感冒来得声势浩大,如同不久之后的高考。高考过后,感冒也不治而愈。

很久之后母亲提起那次的电话事件,开玩笑似的说:"幸亏没让你回来,不然都考不上大学。"母亲大概以为当时我想回家,是因为我想退学。其实不是的,我真的只是太累而已。堆成小山的试卷,来自四面八方的竞争,还有学不会的化学。在此之前,我一直信奉"付出就有回报",可当事实并非如此时,我便感到失望,感到铺天盖地的疲惫。渴望回家休息几日,调整心态。

澄清的话我一直都没对母亲说,因此母亲时常提起并为此感到庆幸。

上大学后,我从未在母亲面前露出过一点儿软弱和害怕。母亲经常对旁人说"我家女儿很坚强",我都一笑置之。我十分感激母亲对我的严格教育,让我在别的女生什么都害怕的年纪里脱颖而出,让我成为手握利剑、所向披靡的勇士。成年之后的我面临过很多次困境,但我想起母亲说的话"你要坚强",便毫不退缩地挺过去。

可世上并没有百分百无坚不摧之人,我也会有力不从心、想要不坚强的时候。在那时,我多希望能把我所有的脆弱和害怕悉数摊开在母亲面前,告诉她,我好想要你一个拥抱,好想你对我说:"别硬撑着了,快回家来。"

人生这样长,这样荆棘遍布,请允许我偶尔的不坚强。让我躲进你怀里,听你说一句"赶快回到我身边"。

谁会成为蚊子的大餐

文/王亚宏

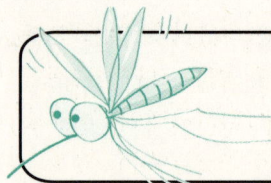

我们在挑西瓜的时候,要么听声辨音,要么给西瓜相面,要么干脆就凭运气。可蚊子会选择谁作为大快朵颐的对象呢?科学研究表明,蚊子也有类似的"挑瓜术",只不过,它们关注的,是人的一些生理指标。

蚊子靠什么来选餐

蚊子判断一个人是否适合其口味,主要依据是人身上的化学信息。

荷兰瓦赫宁根大学昆虫学家乔普·范·龙发现,蚊子会根据二氧化碳的"痕迹"寻找"美食"。

当人们呼气时,从肺里呼出的二氧化碳并非立即与空气混合,而是暂时形成类似面包屑那样的团块状气流。蚊子跟踪的正是这种气流。蚊子能根据空气中的二氧化碳痕迹辨别方向,为了更好地感知到二氧化碳浓度高的地方,它们会花更大的力气逆风飞行。

蚊子猎食的时候会用上所有的感官,但"嗅觉"更重要,研究发现,新陈代谢更快、体温更高、汗水更多的人更可能被蚊子叮咬。

我们身体产生的乳酸、呼出的二氧化碳会吸引蚊子。乔普·范·龙表示,利用二氧化碳痕迹,蚊子会锁定距离50米以内的"目标"。

当蚊子靠近(距离小于一米)一群潜在的"受害者"时,它们的感觉器官开始读取各种参数,例如皮肤的温度,上面是否有蒸汽和颜色等。总体来说,色香味俱全的人会成为蚊子优先选择的进食目标。

蚊子选择这个人而非另一个人作为叮咬对象,其依据的一个重要因素是皮肤上微生物菌落产生的化学成分。皮肤上的微生物会产生一种由300多种不同成分组成的"化学花束"。科学家指出,它的成分取决于环境和人的遗传结构。此前有研究显示,和其他男性相比,皮肤细菌成分更多样的男性被蚊子叮咬的可能性更低。

不过,一些后天行为也会让人在蚊子眼中变得更"美味",比如喝酒。就像有些人喜欢吃"醉鱼""醉虾"一样,蚊子偏爱"醉人"。研究表明,饮酒之后人体呼出的乙醇会增加对蚊子的吸引力。酒中的乙醇及汗液中所含的微量乙醇,可能向蚊子们发出信号:美食在此。

有趣的是,蚊子会享受带有酒精的血液,但不会因此而喝醉,它们不会飞着飞着一头从空中栽下来。喝掉10杯酒的人,其血液中的酒精浓度可能达到0.2%。然而,如果蚊子喝了这个人的血液,相当于这10杯酒的酒精强度被稀释到了二十五分之一。因此酒精很可能在刺激蚊子的神经系统之前就被中和掉了。

在蚊子面前"隐身"

生物学家们弄清了蚊子在寻找受害者的过程中怎样识别人类的化学气味,根据这一发现,科学家们可以研究让人在距蚊子50米探测范围内"隐身"。

"可以将干扰蚊子的气味添加到现有的驱虫剂里,如避蚊胺。可以说,我们的发现将让蚊子看不到人。"美国佛罗里达州国际大学迈阿密分校的学者马修·德赫那罗说。

让人成为"看不见的美食"虽然有效,但百密一疏,还是会有化学信号漏出来,吸引蚊子。

因此防蚊时不但皮肤上要喷洒驱蚊剂,也要在衣服上喷洒驱蚊剂。使用驱蚊剂时,千万不要吝啬。不少人使用驱蚊剂时只在耳朵后或者手腕上喷洒一点儿,这样的效果较差,因为这不会建成一个场。关键是,只要你漏喷了一个地方,就会被蚊子找到。

如果做好了各种防护,仍成为蚊子的大餐,那就只能去研究被叮咬后的补救措施了。

我们都曾以为自己很特别

文/陆小墨

1

从我记事起，我就觉得自己和别人不一样。常常觉得身边的人过得很平凡，我一定不是那样的人。

小时候暗恋班上的"男神"，觉得"男神"一定会在某个时刻发现我这个"灰姑娘"。后来还真发生了一件略带情愫的小事。某个下午，我在铅笔盒里发现了一张小字条："放学后在学校后面的草地上等你，有话跟你说。"那时"男神"是我的同桌，我开始幻想一切浪漫的偶像剧桥段，却自动忽略了一个很现实的问题：这是"男神"的字迹吗？显然不是。前桌忍不住嘲笑我："别花痴了，是××写了恶搞你的。"

我很难过，觉得"男神"真没眼光，我这么特别的人，他怎么会不喜欢呢？那时，我擅长跳舞，很会打乒乓球，特别是我的语文很好。可"男神"眼里的我是这样的：四眼妹，龅牙妹，脑子有点儿笨，说话大声，打球有点儿粗鲁，关键是长得不好看。

2

初中很长一段时间里，我都沉浸在学习中。一次分班考试，我竟然考了班级第一名。从此，一颗不平凡的心油然而生。在我的认知里，我是个多么特殊的存在啊！我是老师们的好帮手，我是女生们的好朋友，我也是许多人崇拜的对象，成绩好，能力强，还擅长社交。

但后来听一个朋友聊起那时的我，她说，当时那些男生在背后都叫我小巫婆，说我动不动就跟老师打小报告。女生们都觉得我很孤单，经常独来独往，性格特别高冷，大家都不敢靠近我。也有一些女孩说，我经常出手帮她们教训男生，不过是想引起那些男生的注意罢了，她们没我帮忙也不见得会被欺负，况且有些女生还是故意想让某个男生欺负呢。

3

上高中时，我越发觉得自己是个特别的人了。我的文学造诣比初中时高了一倍，语文老师很喜欢我。我那时深受伍尔芙和马塞尔的影响，行文上有些偏向"意识流"，所以有时文章会显得特别高深莫测，文字美但画面感薄弱。

在这个只以学习为主的班级里，我是文艺青年，我的梦想是跳出这个牢笼，追求一条文学之路。我觉得我跟那些只知道做题的人不一样，他们是机器，我是有灵魂的肉体。

可后来我回过头想了想，觉得自己挺奇怪的。在该学习的时候不务正业，嘴里一直说着写小说，却从来没完整地写过一个故事，很多的特别之处似乎也是自己给自己强加的东西。其实并不曾有人注意我这些特别之处，就算有，也不会在乎。

4

我一直觉得自己是个特别的人，可我越来越发现，我和所有人一样普通。我烦恼和忧虑的始终是在我这个年纪每个人都会着急的事，例如担心期末考试挂科，担心大学毕业后找不到好工作，工作上担心老板不重视我。

我想我是真的过了青春的年纪，再没有那样的勇气说自己很特别。相反，我更愿意坚信自己只是一个再平凡不过和再渺小不过的人，我过着这一生该有的简单生活，体验着世界时不时带给我的酸甜苦辣。

想和朋友和好，你是否放不下面子

文/《意林》图书部

亲爱的编辑们：

你们好！

祝你们天天开心，工作顺利，心想事成！

我是一个天蝎座女孩，有人说天蝎座的人容易记仇，但我并不记仇。我的人缘非常不错，班里大部分同学都跟我合得来。但最近，我和我最好的朋友发生了一点儿矛盾。

本来我们关系很好，但是期中过后，她就开始疏远我。我去质问她，她反而埋怨我！可是明明错的人是她啊。我当时非常生气，也跟别人说了一些抱怨她的话。这些话传到她的耳朵里，她就找了班里其他女生来找我对质，还好事情没闹太大……

我很想和她做回朋友，但虚荣心和自尊心使我放弃。我该怎么办？

幽暗的琳

编辑：在学校中，陪伴我们时间最长的就是班上的同学了。大家都是独立的个体，有独立的思考和不同的性格，所以发生争执在所难免。我们来看看来自"幽暗的琳"这位读者的困扰吧。

老师：很多同学在与人交往的过程中都会遇到麻烦，尤其是青春期的青少年，正处于叛逆和自我欣赏又时常否定自己的矛盾中。如果在学校和同学处不好关系，会影响我们的心情，严重的甚至会影响我们的成绩。那么与同学发生矛盾，该如何化解呢？

我们就以这位来信读者"幽暗的琳"的例子展开分析吧：

首先，老师相信你是一个聪明、热情的好孩子，因为你和其他同学的关系都不错，人缘很好，那个同学可能只是例外。而且在你们关系破裂之前，你们是关系不错的朋友。

但是在一次期中考试后，她就开始与你疏远甚至骂你，你也去质问过（原因你并没有说出来），但是没有结果，还差点儿酿成更严重

> **喵咪：**嗨，亲爱的小伙伴们。朋友是我们生活中必不可少的存在，我们把朋友叫作"哥们儿""闺蜜""兄弟"。其实，维持友谊也是一件很重要的事，特别是你们有了矛盾后。怎么解决朋友间的"小摩擦"呢？

的后果。

其实，你的本意是希望能够和她重归于好，但一方面是虚荣心使你难以放下"面子"，另一方面可能是你不知道该怎么办。

所以在这里，老师给有同样困惑的读者提几条建议吧：

1.当你和朋友产生矛盾的时候，不要逃避，最好能够跟对方讲清楚，澄清误会才能重归于好。如果放不下"面子"，不如找一个你们共同的朋友来当说和的人吧！

2.如果你和朋友的关系已经出现裂痕，建议你不要去找其他人说对方的坏话，即使他在诽谤你，你也只用做到为自己解释就可以了，如果你来我往地说对方的坏话，你们的关系只会更糟。

3.最重要的一点是，大家都是同学，都在学校学习，有了矛盾可以寻求老师的帮助，毕竟大家都是未成年人，容易冲动，思维也不如成年人缜密，这时候请老师调解应该是不错的选择。

> **喵咪：**看了老师的专业指导，小编觉得说得真是太有道理了。世间有那么多人，能够遇到并成为同窗是一种莫大的缘分。有了矛盾，用理性的方法解决它，千万不要用"武力"哦！

深夜的雪（节选）

文/[日]高村光太郎

瓦斯炉里温热的火，
发出细小微响，
门窗紧闭的书房里，
电灯静静照着略带倦意的我们，
傍晚的阴云变成了雪，
适才打开窗，
已是雪白一片，
地上，屋檐上，还有我们的心里，
都堆积着无声的雪的分量，
那柔软的重量，包裹着快乐。
世界屏息凝视，睁开赤子之眼，
"看啊，雪积了这么厚了！"
远处传来隐隐叫声，
还有啪啪啪，磕木屐的声音。

接下来是沉默的夜里十一点，
话聊完了，
红茶也喝腻了，
我们只是手牵手，
侧耳倾听寂静世间深藏的心。
看时间慢慢流逝，
微微出汗的脸上，满是安宁，
准备好接纳一切一切，人的感情。

你永远是我心中最伟大的武林盟主

文/猫河

外公的孙辈中只有我一个女孩。在所有人看来,外公对我的关怀宠溺及我的乖巧懂事都堪称天伦之乐的典范。但只有我们自己明了,我们不过是由一个早熟得毫不可爱的臭丫头和一个世界观极为诡异的怪老头组成的"失意阵线联盟"。

我上小学二年级那年,外公在上班路上被摩托车撞折了腿。他好心放走了肇事者,自己承担了所有医药费,还落下了右腿的残疾。全家人不停地数落外公,我则说:"以后你坐公交车,那帮小子都得给你让座了。"外公哈哈大笑:"亲孙女啊,真懂我!"

四年级时,我迷上了武侠小说,外公便租来《倚天屠龙记》的录像带陪我看。

我披着毛巾被,高举起他的拐杖,说我长大后要当武林盟主。外公严肃地打量着我:"江湖险恶啊,你只是个丫头……"我的整个小学时代,妈妈深陷在产后抑郁症中无法自拔,爸爸则长年在边疆驻守,但好在还有外公,他让我那和同龄人毫无共鸣的童年充盈无比。

大四上学期,我整整一个月没有打通外公的电话。在一种不祥的预感下,我赶回了家,得知外公刚刚经历了一次严重的脑卒中。大家都说外公傻了,整天疯疯癫癫像个老小孩。确实,他连我都忘了,我一进屋,他就缠着我,让我给他买麦芽糖吃。

闹了一番,他被护工抬回床上,我忽然在他眼中看到一丝闪光,觉得事情有点儿可疑。于是我坐到他床边,慢悠悠地给他讲了个冷笑话。果然,他听我讲到最后有些绷不住了,瞅瞅四下没有人,说:"你这笑话冷得我起一身鸡皮疙瘩。"

"为什么要装傻啊?想要吃糖我给你买啊!"我问他。

"人家老了,活累了,想耍赖了,不行吗?不行吗?不行吗?"

这傲娇霸气且内力十足,我赶忙点头如捣蒜,高呼:"行行行!"回到学校,我开始整日待在实验室里给老师打下手。老师说:"下

星期我要去北极科考,你给我当助手吧。"一周后,我便淌着鼻涕,在破冰船的甲板上瑟瑟发抖。

我20岁生日那天,正是北极圈极夜的最后一天,也是考察船因故障被困的第15天。那时,雷达失灵、通信阻断、弹尽粮绝,船长鼓励我们说熬过这一夜就可以看到绿光,可连续几天的滴水未进、粒米未沾与超低温环境,还是让我在凌晨时分陷入了间断的幻觉与昏迷。

恍惚中,我看到外公周身环绕着绿色光芒而来,他身披毛巾被,手执拐杖如宝剑,边跳边大声唱着《倚天屠龙记》的主题曲。

通信修复后,我接到妈妈的卫星电话,她说外公在我生日的那晚去世了。外公简单的墓碑上只刻着一行字:前武林盟主之墓。墓地工作人员解释说:"这是那个怪老头自己要求的,还威胁我们说,若不照做就变成鬼天天缠着我们。"我摸着墓碑上刻字的凹槽,小声说:"外公,别听他瞎扯,你永远是我心中最伟大的武林盟主,千秋万代,一统江湖。"

亲爱的蓝胖子

文/鹿隐

说实话,我第一次见到翔哥对他挺不屑的,他穿着一件蓝色的T恤,胖胖的身体把整件衣服撑得满满的,让我不禁想笑。他抱着讲义,在我们怕被他发现又唯恐他发现不了的笑声中走上讲台:"我先做个自我介绍。请大家翻开课本第一页,找到副主编,那就是我的名字。"然后大家都惊呆了,没想到我们这么个破学校竟然还卧虎藏龙。结果,他神秘一笑说道:"想不到吧?我俩重名。"一节课下来,翔哥冒出的一连串幽默语句把我们都逗笑了,而他严密的逻辑思维和超强的时空史观也不禁让人对他肃然起敬。翔哥是北方人,长得又高又壮,很爱穿蓝色的衣服,蓝色T恤、蓝色卫衣、蓝色外套……因为体形和衣服的关系,翔哥也被我们戏称为"蓝胖子"。

有一次,翔哥过生日,我们文科班仅有的十个男生都穿了蓝色的衣服,端着印着"哆啦A梦"的蛋糕大声对翔哥说"We're blue(我们是蓝色的)",那一刻,翔哥用手掩着嘴,激动得不知道说什么,只是一个劲儿地说"谢谢",好几个女生都在偷偷抹眼泪。那天,我第一次在这个新班级里找到了家的感觉,特别庆幸自己选了文科。

翔哥经常会讲他读书时候的事情给我们听,跟我们讲他以前在老家备考研究生的时候,在四面漏风的屋里与另外两个同学埋头背书;讲他在大学里遇到的开心事;讲他因为身材被取的绰号……他努力地想融入我们,某节课上已经三十多岁的他说:"你们不要觉得我们之间有代沟,我也就比你们大个五六岁。"翔哥,你是不是对自己的年龄有什么误解?

翔哥是我遇见的老师里讲课最幽默的一个,他让很多学生爱上了有点儿枯燥的历史。讲科举制度的时候他会说:"科举对很多人来说,就是决定一生的大事,如果突然取消,换谁接受得了?就比如我现在跟你们说高考取消了,你们还不得造反?"讲戊戌变法的时候他还说:"梁启超很崇拜康有为这个老师的,要是有人说他老师不好,他是要跟人家拼命的。"然后嘿嘿一笑,"你们可要好好跟他学习学习。"每每这些时候,我们总能在哄堂大笑中记住很多历史事件和特点,这也是我们喜欢上历史课的原因。

我刚开学的时候状态特别不好,跟不上学习节奏,成绩掉得厉害,自己觉得无论怎么努力都没用。我始终记得那个下午,翔哥从教室后门走进来,走到我旁边,扭头看了看周围没有什么同学注意到他,伸出手,偷偷塞给我一块德芙,拍了拍我的肩,小声跟我说:"你要加油,不要在意无关紧要的人,老师相信你是可以的。"他走了之后,我差点儿没忍住哭出来。

还有一次开家长会,我爸爸跟翔哥说我不好好学习,成绩不理想。翔哥突然很严肃地和我爸说:"梓祺非常努力,学习成绩以后会慢慢好起来的,你看她现在已经进步很多了。"听到这句话我当场就哭了。

翔哥对我来说,就像是大雄的蓝胖子一样,充满温暖。他身上有一个什么东西都可以掏出来的"万能袋",给人无穷无尽的惊喜。

我曾和妈妈没有话说

文 / YK

我不是拥有完美原生家庭的人,我跟家人比较疏离,上大学以后离开家,就很少跟家人长时间在一起。我内心当然很关心我妈妈,但我并不太会跟她相处。我小时候就是话很少的小孩,妈妈也因为生活压力很忙碌,我们交流不多。成年之后,我的生活更是离她越来越远。

小时候,我妈妈对我很严厉。她从来不管具体的学习内容,不管我考了多少分,她只管我的行为。我有什么让她不满意的地方,劈头盖脸就打下来。

我从上学起,就要自己按时起床,把床铺和房间理得整整齐齐,书包是自己睡前就收拾好的。要是忘记带书,家里没人会送。妈妈会板着脸说:"活该,这是你自己的事。"我还要学做饭、洗衣服,从小学二三年级开始,每年暑假我跟我姐姐都要分工,两个人洗全家人的衣服、给全家做饭。我妈妈对我姐姐的学习倒是盯得紧,经常跟她说,女孩子最要紧的事就是读好书。

而对我,妈妈很注重让我做具体的事,家里的大小事情,只要我力气够了就让我干。而且她要我把这些事当作日常去做,而不是她喊我才做,否则她就会骂我。久而久之,我有种自然而然的主动性和责任感,不管是在工作中还是在生活上。

我们市井小巷里长大的男孩,会经常和小伙伴打架。有时候,有家长带孩子上门告状,跟我父母激愤地说我如何打他们家孩子……我妈妈挡在前头说:"伢子哪有小时候不打架的?小孩子具体怎么样的矛盾我们大人不清楚,但是我自己的仔我晓得,他不会无缘无故欺负人,他有分寸,如果他打你们仔的话,他自己肯定先吃了苦头。"

对方父母当然很生气,这时我爸爸会狠狠瞪一瞪旁边默默站着的我,大吼一声"还不去读书",我就赶紧一溜烟进房间了。然后他们在外面怎么吵我就不清楚了,反正他们肯定会齐心协力把对方击退。

最后我妈妈会进来,跟我嘱咐一句:"你跟人打打闹闹没关系,但是不要欺负人,要好好读书,你学习成绩不错,别人就怎么也不会把你归到坏孩子里,我们为你讲话也硬气。"然后,她就转身走了。

我就是这么懵懵懂懂长大的,虽然也调皮,也打架,但学习一直不错,尤其是数学非常好。我父母不那么懂,也不给我压力,我就自由自在地发展兴趣。

高中三年下来,我的确跟小巷里小时候的玩伴们走向了完全不同的路。我妈妈常觉得自己并没有为儿子做太多,但儿子没怎么让她操心过,就把生活的方方面面打理得还不错。

其实,虽然在我成长过程中,妈妈跟我说的话很少,更谈不上教育我,但小时候我并不觉得缺憾,因为那时候父母给了我最宝贵的东西,就是空间,我可以随心所欲地长大。到高中时,我的确曾面对压力和困惑,而我父母能力有限,不能给我更多支持,但至少他们没有给我压力,从来没有把焦虑传递给我,想必他们自己默默承担了许多。幸运的是高中时,身边的好老师很多,还有来自优秀同伴的强大力量,给我提供了支持,让我并不孤独,度过了人生中最重要的时期,从此走向一个个更高的平台。

高中的时候，我最害怕的就是楼道里传来的"嗒嗒"的高跟鞋声。这种声音给同学们造成的恐慌，丝毫不亚于战场上发起总攻的信号弹。上了高二以后，我选择了文科，在所有的老师中，只有数学老师和地理老师是男的，其他的都是穿着高跟鞋的女老师。其中，历史老师王浩玲的高跟鞋声尤其响，人也最严肃。每次历史课前，只要一听到王老师高跟鞋的声音，全班同学就迅速拿出历史书严阵以待。

有一次上晚自习，我看路遥的《平凡的世界》时被她抓到了。她二话不说就把书收走了，还跟我说："你要是不想学习，就趁早滚蛋！"

书被收走三个星期了我都没去找王老师要，她实在憋不住了，一次晚自习把我叫了出去。我看到她眼睛红红的，好像刚哭过，心想这下完了。她手里拿着那本《平凡的世界》问我："你怎么回事儿？我不来找你，你就不来找我把书拿回去，是吧？"我低着头小声说："你想没收就收呗，反正这书是学校图书馆的。"她被我的话气笑了，说："行了，我明天帮你还回去。"

我保持礼貌，对她说："谢谢老师！"说完我转身就要走，却被她拦住了。她说："老师知道你本性不坏，现在好好学习还不晚。你要是喜欢写小说，上了大学有的是时间写。你现在要做的就是好好学习，将来考上一个好大学！"我说："我感觉自己的天赋和灵感都要被高考抹杀了，我越努力就感觉越危险。"她说："如果是真正的天赋，那就不会被抹杀。听话，还是先好好学习吧！"我知道她是为我好，但是我就是无法理解为什么要高考，而且要考数学。

我说："谢谢老师！"她说："没事儿，不好意思，我最近压力也很大……"我没想到她竟然会当着我的面诉苦。从那以后，她好像对我更有耐心了。

高三那年元旦，库尔勒下了很大的雪，校长通知上午前两节课停课，全体师生去操场打

严肃的高跟鞋

文/肖尔布拉克

雪仗。当时我们跟兔子一样蹿到了操场，玩得不亦乐乎。大部分老师都站着看我们玩，只有少部分跟学生关系好、玩得来的老师才跟学生一起玩。历史老师站在那里看我们玩，眼神里有些落寞。我跑过去从后面把她绊倒，对同学们喊："我把历史老师绊倒了，有仇的报仇，有冤的报冤！"同学们围上来，开始往历史老师身上扔雪。

她团了一个雪球扔向我，说："坏蛋，给我站住！"她穿着高跟鞋追我，差点儿摔倒，我跑过去扶她，她将一个雪球扔到我身上。那天我们玩得很开心，她也跟我们打成一片。从那以后，她就变得爱笑了，跟我们班同学关系也越来越好。

大二那年暑假，我回学校溜达，她大老远就认出了我。她问我大学上得怎么样，有没有放弃当初让我挣扎得死去活来的理想，她还让我好好加油，常回母校看看。

斯坦福这条狗

文/卑屈的猫格

今天我要曝光一条渣狗。

我第一次见到它是在起风的黄昏，它"孤身一狗"蹲在我家门口台阶上，吐着舌头，一副英俊而骄傲的样子。帮我妈去买菜的我拎着两大包杂物，正笨拙地准备伸手掏钥匙的时候，直直地撞上了它的眼睛。这样的相逢颇有命运的味道，加上它的眼神，冷厉中带着一丝高贵，冷漠中又透着一点儿淡然，颇有一点儿霸道狗总裁的调调，让我顿时觉得，

我不会要捡一条狗回家吧！

我按捺住内心的喜悦，毫不矜持地凑过去搭讪："嘿，你是怎么跑到这里来的？"它斜着眼瞟了我一下，后背挺得笔直，毛皮油光水滑，棕黄色的花纹显得更加气质出众，就连我这样不懂狗的，都可以推断出这大概是一条血统极纯的牧羊犬。

我见它对我的示好毫不抗拒，于是继续循循善诱："那你要不要来我家？"我试探地摸它，它终于张开大嘴带着一脸笑意眯上了眼睛，我心下窃喜！于是我更加卖力地左捏右摸，势必要将狗总裁服务周到。最终它下定决心，站了起来，然后好整以暇地盯着我。我心下窃喜，试探地打开防盗门走了进去，它也跟了上来。我打开家门，怯怯地冲厨房喊道："那个，我又捡了一条狗。"

我妈一听果然从厨房蹦了出来。它却很识趣，端端正正地踱着步子走了进来，打量了一下四周的环境，然后就很有教养地蹲在我的脚边。啊，这是怎样的一条狗啊！我妈果然心软了……它终于赢得了我们全家的喜爱，连我爸那种一向对养宠物没什么兴趣的中年男人都表示："如果两个星期还没有人来找它，我们就收养它吧。"于是我们热烈地讨论起取名字的问题，最后我妈脑洞大开，说道："不如就叫斯坦福吧！你今年不是申请了斯坦福吗？"我心虚地呵呵一笑。

吃过饭我还是去遛了遛它，它这会儿完全温驯起来，小心地跟在我脚边，生怕被丢掉的样子。那个脆弱的表情让我有点儿心酸，难道是被主人抛弃的狗吗？

第二天一大早又带着它出去散步，没想到我刚打开楼前大门，它就小跑着冲了出去。我急得脑子一蒙，忍不住大喊："斯坦福回来！"它却只回头冲我摆摆尾巴，用眼神告诉我："咱们两个的缘分到头啦！"然后就头也不回地离开了。

三天之后，斯坦福大学发来了一封拒信，它用居高临下的语气告诉我，虽然你很好，但是咱们啊，还是不合适——因为其他人更好啦！"天意啊天意。"我心灰意冷，"我先是丢了斯坦福，又丢了斯坦福。我这辈子可能注定要被斯坦福伤害。"

总而言之，生活总是有这样那样的衰事，上天到底还是没有派一条狗总裁来救我于水火。

有一天我终于又看到了斯坦福，它身后还跟了一个年逾花甲的老头，它远远地看到我，眼神透露的信息是："你可别过来，咱们呀，就好聚好散吧。"它脖子上的小项圈亮晶晶的，跟着那个老头，扭着屁股扬长而去。

我终于发现，其实从我见到它的那一刻，我就输给了这条只想蹭吃蹭喝的狗骗子。输于内心戏太多。

在这座图书馆，看本书就要出趟国

文/桃 宝

在美国和加拿大边境地区，有一座百年图书馆，刚好横跨两国的边境线，馆内拥有世界上最独特的国界之一——这就是哈斯克尔图书馆。

走进哈斯克尔图书馆，很容易就会误认为它是一座典型的美国小城图书馆。的确，哈斯克尔图书馆的风格略为古典雅致，馆内放置着1905年的木制品和软垫座椅，除此之外，哈斯克尔图书馆看起来和其他图书馆并无二致。

不过，很快你就会有很多疑问了。比如，为什么图书管理员都精通英法两种语言？为什么书架上有那么多有关法国殖民地时期加拿大历史的书籍？而且，最令人感到不解的是，横贯图书馆地面的那条黑色线条是做什么用的？

说来，哈斯克尔图书馆与其他图书馆还是不一样的。哈斯克尔图书馆脚跨两国，一只脚在美国，另一只脚在加拿大。地面上的那条黑线——一条不透光胶带——就是两国边界线，它将美国佛蒙特州的达比莱恩镇与加拿大魁北克省的斯坦斯特德镇分离开来。图书馆前门、社区公告板和儿童书籍在美国境内，其他藏书和阅读室则在加拿大境内。

地板上的黑色胶带看起来已经磨损了。这也难怪，因为地跨两国，图书馆吸引了很多游客。图书馆馆长南希·鲁姆里说，每时每刻都有游客在这条黑色胶带边上摆姿势拍照。他们拍照的时候扮鬼脸或者横躺在胶带上，还和卡片娃娃斯坦利一起拍照。斯坦利是儿童读物《卡片娃娃斯坦利》上的人物。有些家庭会横跨胶带两边拍合照，有些家庭则站在胶带上摆成梯形队列。

最近，鲁姆里注意到了更加奇怪的事：有些游客在这条黑线前站着不动，不敢跨过黑线，仿佛黑线在释放一种无形的力场。这是因为他们看到了网上的谣传，说跨过黑线是违法的。而事实并非如此，在这里，读者跨过黑线自由活动不仅不违法，还会受到鼓励。哈斯克尔图书馆享受自己作为类似自由贸易区的角色。

"地图上的一条线按理来说应该将我们分离开来，它应该是分割线，"加拿大人哈尔·纽曼说道，"但是，就是这么一条线使哈斯克尔图书馆如此了不起。的确，哈斯克尔图书馆中间有一条边界线穿过，但是这条边界线使人们聚集到了一起。这多好啊！"纽曼是与哈斯克尔图书馆毗邻的哈斯克尔歌剧院的前任副院长，哈斯克尔歌剧院也横跨这条边界线。纽曼将哈斯克尔歌剧院称作"不可能之屋"，因为这样一个歌剧院是不可能存在的。哈斯克尔歌剧院的舞台在加拿大境内，而大多数座位在美国境内。实际上，这条边界线穿过了一些座位，使哈斯克尔歌剧院成为"世界上唯一一座你坐在里面时两侧脸颊可能会分别在两个不同国家的歌剧院"。

这是刻意设计的，不是巧合。一个多世纪以前，哈斯克尔家族故意沿着这条边界线建造图书馆和歌剧院，目的是促进跨境交流与友谊。

丽萨的天堂

文/凤 凰

丽萨是个残疾人,她从小就被父母抛弃了,一直靠拾荒为生。虽然生活艰辛,但丽萨没有一点儿怨言,她每天都过得快快乐乐的,似乎她不是一个拾荒者,而是一位贵妇人。

一天,她拾荒的时候,捡回一个有些痴呆的男孩。丽萨给他洗了澡,换上了新衣服。男孩好看了许多,对着她傻笑。

虽然男孩是负担,但丽萨一点儿也不嫌弃他。她想等以后有了钱,就带男孩去治病。

丽萨和那个男孩相依为命。日子是苦的,也是甜的。有了男孩,丽萨觉得人生有了意义。又有一天,在拾荒的路上,丽萨发现了一个女孩,女孩只有一只手,浑身又脏又臭。看样子,女孩被父母抛弃了。丽萨觉得女孩就是多年前的自己,她赶紧上前要拉女孩的手。

女孩见了她赶紧往后退。丽萨告诉女孩不用怕,她不会伤害她。那天,丽萨把女孩带回了家,给女孩洗了澡,换了衣服,然后把她搂在怀里,吻了又吻。女孩突然流泪了,很久,她都没有得到别人的关心了。

丽萨想,现在他们三人都是不幸的人,他们一定要相亲相爱。丽萨要照顾好两个孩子,还要为他们的以后负责。

丽萨拾荒的时间更长了,走的地方也更远了,她背上的废品也更沉重了。人们发现丽萨身后跟着两个孩子,都知道她的生活更艰辛了。附近的居民都把废品留下来,悄悄地给她,希望能减轻她的负担。

可是,人们的这点儿帮助,根本解决不了丽萨的困难。丽萨觉得,要依靠自己的力量实在太难了。丽萨找来纸板写了一封信,说她能力有限,希望好心人能够收养他们。很多人都看到了丽萨的信,但是没有人愿意收养孩子,毕竟,谁收养下来都是负担。丽萨只好作罢,她知道,连孩子的父母都抛弃他们,别人又怎么可能收养他们呢?

此后,丽萨出门的时候,都把两个孩子带上,让他们也学着捡废品,她想就算哪一天她病倒了,或者离开了这个世界,他们也能生存下去。

在随后的日子里,丽萨又先后捡到了五个孩子。这些孩子,都有残疾,都被父母抛弃。丽萨收养他们,白天教他们捡废品,晚上教他们识字。尽管七个孩子让丽萨的生活无比艰辛,但她觉得人生很有意义。

一时间,丽萨和七个孩子的故事传遍了大街小巷,孤儿院也专门找到丽萨,说他们愿意收养这些可怜的孩子。

就在丽萨还没有把孩子们交给孤儿院的时候,七个孩子的父母都找上门来,他们都对自己的行为万分内疚,他们说他们抛弃自己的孩子,实在不应该。

他们从丽萨身上看到了人性的光辉,他们决定带孩子回去好好照顾他们。丽萨当然希望孩子能回到他们父母身边,她为孩子们感到高兴。孩子的父母都掏出钱给丽萨,感谢她照顾孩子,但丽萨拒绝了,她希望这些钱都能用在孩子身上,让他们过上幸福的生活。

七个孩子被父母领回,丽萨拒绝报答的事传开后,记者又来采访她。丽萨说:"我当初收养他们,并不是为了日后得到什么报答,我只是希望能给他们好一点儿的生活。尽管我舍不得他们离开我,但现在他们能回到自己的父母身边,过上幸福的生活,我感到非常快乐!"

世界上竟有这样的工作

文/张昕宇 梁红

最濒危的工作：济州岛的海女

过去的济州岛，曾是求生艰难的贫瘠之地。男人出海捕鱼或打仗，从此未归，潜水就成了女人的责任。几百年来，济州岛的女人，唱着"头顶棺材潜入水""在冥府中辛苦劳作，只为让家人在苦难的人间生活"这样的民谣，潜入大海采集海底物产。

人们把她们称为"海女"。她们不需借助潜水设备，就能在水下闭气两到三分钟，轻松下潜20米。她们能徒手捕捞生活在海底的章鱼、海胆、鲍鱼，一天在海里浮沉数百次。人们说，如果没有海女，就没有济州岛。但长期的海底作业，也损坏了海女的身体，甚至导致死亡。海女即将消失，就是因为太辛苦和危险。

最奢侈的工作：阿联酋的猎隼医生

阿联酋——世界最富有的国家之一，有堪称世界最贵的宠物：猎隼，一只最高能卖到100万美元。在阿布扎比，建起了全世界最大的猎隼医院，这个医院接收的唯一病人，就是猎隼。猎隼也像正常人类一样候诊，需要排队叫号。

猎隼看病也确实很贵，动辄数万美元或十几万美元。医院里设施齐全，包括标准的手术台，以及分类齐全的内科、外科、五官科……医院也提供羽毛嫁接等"整容"服务，甚至会细心地帮猎隼打磨它的爪子。看来在阿拉伯半岛，做一只猎隼也不赖。

最勇敢的工作：伊拉克的拆弹部队

在伊拉克的拆弹部队大楼，有那么一面"光荣墙"，贴满了所有因为拆弹而牺牲的兄弟的照片。上校对着照片数数，数到十一，他说，这十一个兄弟，一天之内，都牺牲在一次拆除大卡车的炸弹的任务里。拆弹队员还展示了一张照片，那不是电影剧照，是他和队员年初在伊拉克北部拆除路边炸弹时，炸弹起爆，两人奔逃的瞬间，被同事用手机抓拍下来。

一次执行任务时，一辆可疑的白色SUV（运动版多作用汽车），停放在一个墙角。拆弹部队把这辆白车的窗户砸碎，把门打开。他们十分熟练，手里的军刀像外科大夫的手术刀一样，在车内游刃有余地游走，几分钟后这辆车被检查了一番。这样的排查，是拆弹部队最常见的工作方式。这时往往容易因为一个小失误，造成一场可怕的灾难。

拆弹时，一个男孩端着一瓶冰镇的水，递给拆弹队员。在他们眼中，每一个拆弹队员都是英雄。有人曾经问他们为什么要做这份工作，一个队员这样回答：因为这是伊拉克唯一不用杀人而是救人的部队。

最危险的工作：索马里的安保队

在索马里，安保队员不用培训，不用资格证，只要一把枪，就能上岗。一把枪只是最低配置，有一个安保队，装备是一辆轮式装甲车、一辆小型运兵车、两支AK47、一架重型机枪、六把沙鹰……

在索马里做安保，真的是拿生命来做交换。一个安保队员说，给他两百美元，就可以做杀手，甚至愿意为雇用者挡子弹。而他们仅有的娱乐，是在充满阳光的海滩上踢足球。那是一天中，他们仅有的最快乐且放松的时刻，但手里却还提着属于他们的AK47。

小畜记

文/胡成瑶

祖母是个迷信的人,我们家从来没养过猫,有一天竟然跑来了一只猫,她喜出望外,因为她的理论是一个家败落了连猫都留不住,而一个家要兴旺了就会有猫跑过来。

这只猫凶悍无比,没来多久它竟然把别人家的一只猫咬死了。虽然它在外面声名狼藉,在家里却温驯可人。它喜欢在我脚背上打滚,或者在小腿上蹭来蹭去,"喵喵"地叫几声,有一股说不出的惹人怜爱的劲儿。它很黏人,有时下雨的深夜里,父亲一个人觉得寂寞,就会在房间里走来走去,而猫就会醒过来,"喵"的一声,好像在说"我在这里呢"。

二叔家有只狗,养了十七八年,在狗辈中也算是高龄了。因为它的嘴巴是乌黑的,所以取名叫"乌嘴"。

乌嘴除了看家,还帮堂弟打猎,每年夏天,就会收获很多野兔子,都做了火锅,下了酒。冬天,它跟着大批人马去深山里打野猪,据猎人说,它是个很好的"赶角"。它负责发现野猪的踪迹,然后把野猪追赶到猎人布下的埋伏点。

很多次,猎人们扛着重达一两百斤的大野猪回来,扔在廊下,我们凑过去看,野猪的四只蹄子两两捆在一起,胆子大的用手去戳戳,看它还活着没有。乌嘴在死野猪旁边咻咻地蹿来蹿去,它的鼻息喷到我们的脸上,一副自豪无比的样子。

前几年我回老家,二叔说乌嘴瞎了。我问:"怎么晓得它瞎了?"二叔说:"它到处乱撞,出门都会撞到头。"有一天,乌嘴出去转悠,一天一夜没回来。二叔急死了,到处找,找了一整天,快天黑的时候走到一块茶田,在草堆里发现了它。家乡的茶田像迷宫,天知道它为什么突然心血来潮跑去茶田,它眼睛瞎了,怎么走都撞到茶树,最后卧倒在草堆里,等死。

我记得以前它随大队人马去打猎,在一处很陡峭的悬崖走丢了,它就像狼一样嚎叫,最后大队人马回去找到了它。可是这次,乌嘴大概已经没力气叫了。

偌大一条土狗,那天二叔把它像抱婴儿一样抱了回去,从此,它再也不敢出"远门"了。第二天,我去二叔家,看见乌嘴,果然它的眼睛没有眼白,眼睛只是黑黑的两个洞。天冷,火炉生起来了,它躺在火炉边睡觉。从它痴肥而安然的样子看,主人把它照顾得不错。

我们乡下人,对于自己身边的人或物总是特别珍惜,那种绵长的情意会一直持续到生命的终点。

总有人默默爱着你

文/梁 媛

这是一辑风靡朋友圈的短片，题目是《这个世界，总有人偷偷爱着你》，历时4分多，讲述了6个简短的故事。

故事1：

漆黑的夜里，一个女孩坐在窗前，满脸忧伤，她想自杀，于是用手机发帖提问："手上的动脉在哪里？越具体越好。"

故事2：

女孩想买一本《时尚芭莎》杂志，报亭老板不但不肯卖给她，还不耐烦地说了一句："快走吧，别烦我！"把女孩赶走。

故事3：

大雪纷飞的夜晚，孤单的女孩醉酒在路上，一个路过的男人用手机拍下了她的照片。她朝那人吼："拍什么拍！"

故事4：

忙于生计的男人一边开车一边接电话，路上突然被表情严肃的交警拦住了。手机仍在响，他不敢再听，惴惴不安地等着被开罚单。

故事5：

年轻的外卖小哥急匆匆地挤进站满了人的电梯，电梯超载铃声响起，他左看右看无奈地走出电梯。手上的外卖单就要超时了，他可能会被投诉、被罚款，一天的辛苦又白费了。

故事6：

瘦弱的老人骑着三轮车，不小心碰到一辆豪车，他紧张地询问要赔多少钱，光头男车主态度嚣张地说："破拉车的，你拿什么赔！"说完从车的后备厢拿出一根钢筋。

窗外的阳光灿烂，我却感到了寒冷，人情冷漠如斯，这个世界，就这样让人失望吗？可接下来，画风却突然变了。

想要自杀的女孩，接二连三地收到陌生网友的回复："手上没有动脉的，别找了，我爱你。""小可爱呀，这个你不用知道，医生知道就好，我们爱你……"

拒绝卖杂志的报亭老板，是发现女孩身边的小偷悄悄打开了她皮袋的纽扣，因此故意不卖，只是为了让她赶紧走。

拍下醉酒女孩照片的男子，是为了向警察告知具体情况。"一个醉酒女孩在路边很危险，这大冷天的，你们快来看一下。"警察来了，将醉酒女孩送到医院检查。

拦车的交警发现男子的车没有盖好油箱盖，走到他跟前，说了一句："油箱盖没盖上是很危险的！"然后帮他盖上，离开时又说了一句，"走吧，注意开车安全！"

关上的电梯门再次打开，一位男士主动走出来，让外卖小哥先上楼，说他不急，可以走楼梯。

外表凶悍的车主其实嘴硬心软，他只是拿钢筋戳了一下三轮车，然后说："扯平了……"我的泪，终于抑制不住，汹涌而出。这个尘世，也许没有想象中那么好，却总有美好，在暗地里生长，让我们对眼下平淡而寻常的日子，又充满温情的期待。

母亲，您是什么时候原谅了我

文/韩浩月

如果"吓破胆"的这个说法成立，我的胆子恐怕在很小的时候就被吓破了。一直到现在，我都不太愿意回到我出生的村庄——大埠子村。

我还没上幼儿园时，经常在大埠子村晃荡，时常会产生奇异的想法，比如看到硕大的草垛，就忍不住想要知道，火苗会不会从它的中央穿过，烧出一个通道，我可不可以从这个通道爬过去，穿越到另一个世界。

想着想着，好奇心就强烈起来。终于在一天下午，我颤抖着手划着了火柴，点燃了与爷爷家房子紧挨着的草垛。那一幕我记得太清晰了，一根渺小的、不起眼的火柴，在与麦草接触之后，先是小范围地燃烧，然后在几秒之间，放大为恶魔般扑来的火势。臆想中能烧出一个漂亮通道的结果没看到，出现在我瞳孔里的，是一个冲天大火球……此后的事情我失忆了。

几天后，母亲跟我说："去爷爷家看看吧。"我沉默不语。

母亲说："没事的，你是小孩子，没人会打你。"

有了这个承诺，我迈着沉重的步子，一步一步走向爷爷家。爷爷家的门口，是一幅怎样灾难性的画面啊，整个草垛变成了一堆灰烬，地面上是草灰与灰黑色的水坑，房屋的土墙壁，被熏烧得一片乌黑，每一个看到我的人，都默默转过身去，那眼神让人战栗。

有个叔叔走了过来，冷着脸对我说："你知不知道，就差一点儿，你把这一排房子全烧了。"那排多达十间的泥坯草房，是父亲带着五个兄弟花了一个夏天建起来的。我站在草灰边上，宛若站在世界尽头，那一刻我觉得，自己的一生也走到了尽头。

上小学后，我又惹出另一个祸端。大约是小学二年级的时候，我在午睡的当口，带着最好的朋友，来到村里的供销社，掏出五元面值的人民币买水果糖请客，在同学们羡慕的眼光里，沾沾自喜。没想到，供销社的老头在我们刚刚返回学校后，就去家里跟母亲告了状。那是五元面值的人民币，对孩子来说，是一笔巨款。我把母亲的三十五元都藏了起来，藏在客厅桌子抽屉的底下。偷藏的动机是，可以买一个孩子所有想要的东西。但我并不知道，这三十五元是母亲所有的存款，整个的家底子。

失去这笔钱的母亲哭泣了三四天，她哭得越伤心，我就越不敢承认自己拿了这笔钱。母亲问："到底是谁偷了我的钱？到底是谁？"我不敢承认，也不敢否认。直到供销社老头告发了我，心里才一块石头落了地——找回这笔钱剩余的还没被花掉的三十元，母亲可以不哭了。许多年后我才明白了这件事情带来的灾难性后果，母亲因为这件事情，和大家庭里的许多人吵了架，她觉得是别人偷了这笔钱。整个青少年时代，我一直觉得，是因为这件事，母亲对我彻底失望了——这件事带来的内疚感，远远超过其他一切恐怖事件。

母亲，不知道您是否已经原谅了我，如果是，请告诉我您是什么时候原谅了我。

离开家乡之后，我喜欢住在繁华的地方，道路整洁宽阔，高楼大厦，人潮汹涌，夜晚的时候霓虹闪烁……仿佛只有这样，才能把在大埠子时积存于骨子里的落寞与恐惧掩盖。这三十年来，我每年都要回大埠子一两次，但无论多晚，都要离开那里到县城去，不愿意在大埠子过夜。担心黑夜到来的时候，夜色所带来那种久远的、令人生畏的气息。

我和同桌的四件小事

文/浅步调

高二那年,我生了一场病,后遗症就是得了轻微夜盲症,每天吃维生素A鱼肝油。别人妈妈都变着花样带饭,我妈给带的盒饭,都是猪肝胡萝卜,这一度让中午拿出午饭的我十分尴尬。

在奉行安静学生跟调皮捣蛋学生做同桌的年代,我的同桌位置被安排了班里的一个混混。他逃课抽烟打架,一件不落。关于他的记忆,虽然只有寥寥可数的几件,但回忆起来,却弥足珍贵。

第一件事发生在某个夏日的午后,那天我是值日生。我一个人端着脸盆去楼下厕所旁的水龙头接水。水龙头在打开的刹那,湍急的水流扑哧着炸开花,我开心地看着水流,水很快从脸盆里溢出来。可是,水龙头下面并没有可以放脸盆的平地,刚刚还沉浸在时光静好里的我,忽然尴尬地发现我没有空出来的手关掉水龙头。这时候一个男生跑了过来。

奇怪的是,他的第一反应并不是关水龙头,而是伸手去端我快要端不住的脸盆。我结结巴巴地说:"帮忙,帮忙……关……关……关水龙头!"他"哦哦哦"地点头,却跟我一样陷入了双手端盆没空手去关水龙头的窘态。我们忽然相视一望,哈哈地笑了起来,没注意到水已经哗啦啦从盆里溢出来……

第二件事是冬日的一次月考。最后一场考完,暮色快要被黑暗全部遮盖。我看着打开灯的教室,望着暗沉的窗外,开始担心和害怕。

铃声一响,很快大家就消失在教室里。考试座位在最后一排的我,站到楼梯口,发现更可怕的事情是,楼梯处的灯没有打开。我像个半瞎的人一样,扶着楼梯栏杆,胆战心惊地不敢往下走,只能暗暗鼓励自己。在我抬脚的一瞬间,我好像模糊地看到了个男生,从我身边飞快地闪过。咔嗒咔嗒,他把三楼往下的每一层楼梯灯,依次打开了。然后,脚步声消失在了冬天深深的夜色里。

第三件事,高二一个出成绩的日子,理科的拖后腿就明显地展现出来。我一个人对着化学试卷,低着头,眼泪控制不住哗啦啦地流。

那节化学课,老师讲到二氧化碳,配图配了一张雪碧和可乐的图片。他轻轻地拽了我一下,用眼神示意我抬头看老师,我慌忙擦掉眼泪掩饰自己,然后抬头,他侧着身子靠近我,低声轻轻地问:"二氧化碳,你比较喜欢喝可乐还是雪碧?"我随意地答了一句:"可乐吧。"

午休回来,看到桌子上有一罐可乐。他在座位上,挠着头解释说:"希望你……百事……百事可乐啊!"

第四件事是在分科的前一天,我困倒在课桌上睡着了。我在睡梦中不断地变换着睡姿和侧头的角度,最后在我脸朝向右侧醒来的时候,发现他脸朝向左侧,正在熟睡。

第一次这么近距离看他,不知过了多久,他睁开眼睛,我被吓到了,但我并没有躲闪。安静地对视片刻,我说:"我马上要去读文科了,祝你以后天天开心。"侧着头的他抿嘴一笑,眨着眼睛说:"嗯,你也是。"

是枝裕和有一部叫《步履不停》的电影,后来出版了同名书。我在这个夏季,花了一个下午就看完了。书里说:这一天发生的这些连事件都称不上的小事,直到现在我都记忆犹新。想来我也如此。

一位老奶奶的遗愿

文/潘沙

不久前,澳大利亚昆士兰州救护服务站的护理人员格雷姆·库伯在社交网站上分享了一张照片。照片中,一名上了年纪的女性躺在救护床上,俯视着湛蓝色的赫维湾。尽管看不到她的脸,但可以感受到照片中传递出来的祥和氛围。

这样的场景让人忍不住联想到某部电影中的经典桥段,救护人员和病人没有在社交网络中表达只言片语,看过的人却都感到温暖。

那是一个普通的日子,库伯和同事丹妮尔·凯兰接到任务,将一名病人送到医院。接到病人的时候,这位已是风烛残年的老奶奶表示,她不想去医院,而是想要再去一次海边。于是,医护人员绕道将她带到了海边。

库伯说:"这基本上是她人生最后的行程了,我们带她去了她最想去的地方。一路上,她向我们回忆了自己如何跟着丈夫一起搬到赫维湾,然后一直生活在这里的过程。她说,她爱那条海滨大道和那片柔软的沙滩。"

到了海边后,库伯将老奶奶抬出了救护车,为她盖上厚厚的被子,将救护床的背部摇起,让老奶奶面朝大海。库伯说,老奶奶面对落日余晖,笑得十分安详。

第二次接到救助电话的时候,库伯问老奶奶:"您还想再去一次海边吗?"老奶奶有些难以置信地反问:"真的可以吗?"库伯回答:"当然没

有问题。"

第二次在海边的时候,他和老人开玩笑:"如果海边没有这些石头,我会带你畅游大海。"他用呕吐袋舀了一些海水,老奶奶可以将胳膊放进去,亲自触摸下海水。

"她竟然用手指蘸着尝了尝海水的味道。我可以看出她的心跳加速,这是一种无法形容的感觉。当看到这一切的时候,任何人都无法无动于衷,我想自己做的是正确的事情。"说这话的时候,库伯的眼眶有些湿润了。

这段经历,因为那张老奶奶望着大海的照片传遍整个大洋洲,数不清的人为之动容,人们在社交网络上纷纷留下了自己的感动。

一位用户写道:"有时候,这和工作能力没有关系,你需要在工作中投入真情实感才能有所作为。"另一位用户则感慨:"我的母亲患癌症离开,这个团队的举动让我流下了眼泪,言语已经无法形容这件事情是多么美丽动人。"

库伯说:"我们的工作有些特殊,也许这就是病人和世间的最后一次接触,我们想让他们没有遗憾地离开尘世。除了社会职责,我们也是别人的父母、兄弟,如果失去了同情心和同理心,我想就不再适合这份工作了。"

和库伯一样,他的同事凯兰也深爱自己的工作。闲暇时刻,她会带着花去养老院看望老人们,帮忙接送他们回家看看,或者带他们出门"感受阳光照在皮肤上的感觉"。她说,自己很荣幸能够满足老奶奶的要求。

"当她看着大海的时候,我问她在想什么,她眺望着远处的弗雷泽岛,回答说她很平静,一切都和以前一样。"

事实上,满足人们临终遗愿这样的事情,在世界其他地方也时有发生,医护人员所做的事情超出了他们救死扶伤的职责。去年早些时候,一位七十五岁的病人分享了一张在丹麦医院内的照片,照片中的他正在医院的阳台上看日落,与家人一起享受最后一支烟和最后一杯葡萄酒。

英国海鸥，被宠坏的"恶霸"

文/刘瀚琳

初到爱丁堡时，我住在皇家植物园附近的一户民居，每天需要步行50分钟去学校，与海鸥的花式"邂逅"一度让这段路途充满坎坷。

清晨，路口时常站着位身材短小的大叔，提着一袋面包片边撕边撒，引来十多只体格健硕的海鸥。它们叼起面包片就起身在附近周旋，飞累了就落在别人家的屋檐上，点一下尾巴，透亮的玻璃窗户瞬间粪水如注。

如果说视觉攻击无关痛痒，还有更令人恼火的，比如近距离面对海鸥的"横征暴敛"。

有一次，我从包里掏出华夫饼充饥，看到不远处一只海鸥盯着我来回踱步。我加快步速，它径直走来，我急于脱身，起身奔跑，这伙计索性带着另一只同样健硕的同伴紧随我起飞。它们越飞越近，眼看与我后脑齐高，我停身将华夫饼抛向别处，兄弟俩极速坠地，用它们长长的喙一口便将那块饼分而食之，然后扬长而去。短短几秒钟，我在大脑里渡过了一轮死劫。一旁的大叔哈哈大笑，一脸宠溺和无可奈何。我与朋友打趣说，当地政府或许需要请几位厨子，亲自出马"调教"一下这些在大不列颠被宠坏的大鸟。身旁的朋友则提醒道，这些无法无天的家伙，都是被女王"特赦"的心肝儿。就在不久前，一名男子因海鸥抢食愤而将其摔向墙壁，很不幸，快意恩仇的后果是违反1981年出台的《野生动物和乡村法》。据《镜报》报道，该男子不仅被市民声讨，还可能依据调查结果被提起公诉。

除了摔打海鸥，英国人因涉嫌虐待动物被控的理由五花八门：有人因酒后生吞活金鱼获刑半年，有人因与瘦马自拍被控虐待动物十年不得养马，也有人因宠物狗趾甲过长被判终身禁养宠物。

事实上，就动物保护而言，英国一直走在欧洲乃至世界前端。19世纪前，动物并不被看作是需要保护的生命个体，而仅是作为人类财产存在。随着浪漫主义思潮逐渐席卷欧洲，一些思想家强调同情在道德中的基础地位，加之动物在生理结构上与人类相似，理应同样被赋予感知快乐和痛苦的能力。于是，作为拥有道德和自治的人类，对待动物的态度标尺也由最初的"理性认知"向"感知痛苦的能力"转移。

1822年，英国下院议员理查德·马丁提出了"反对虐待以及不恰当对待牛的行为"的法案获得国会通过，这是动物权益首次正式受到法条保护。两年后，"防止虐待动物协会（RSPCA）"在英国诞生，这是全球首个动物福利组织。1840年，该组织被英国女王正式授予"皇家"的名号，目前在英格兰和威士设有162个分部。鉴于RSPCA仅针对英格兰与威尔士，苏格兰政府在1839年成立了专属苏格兰的防止动物虐待协会。此外，20世纪80年代由英国人Ingrid Newkirk成立的善待动物组织PETA如今在世界各地发展出600多万拥护者，目前是全球最大规模的动物保护组织。

如今，为保障动物福利不受侵犯，英国与动物相关的法律条例不下十种，保护覆盖不同种类、生活在不同地区的动物，包括鸟类、宠物、斗鸡、野生动物以及动物园里的动物……面面俱到并被不断修正。

日本奇村：全村只有一个人会说话

文/老白来说

在日本的四国岛有一个非常奇怪的村庄，这个村庄名叫奥祖谷，之所以说这个村庄非常奇怪，是因为在这个村庄里，只有一个人会说话，其余的全都不能动，也不能说话，因为他们全都是稻草人。

这个村庄是由一位普通的日本艺术家绫野月美一手打造的。由于日本经济发展迅速，他们的城镇化发展速度远超别的国家，所以，早在2007年，奥祖谷村的村民大部分都搬到了城里居住。绫野月美是土生土长的本地人，65岁的她从小就见证了这个村庄的变化。

但这些美好的记忆正一点点地消失，绫野月美感觉十分痛心。并且，她发现城里老人院一些患了阿尔茨海默病的老人，谈论最多的话题就是关于这些村子的回忆，这不仅让她痛心，而且觉得应该做点儿什么。

几个月后，她看到了一部由几个日本学生拍摄的短片《稻草人》时，突然有了一个念头，她想到了自己在已经快没人烟的奥祖谷村里看到一个孤零零的稻草人时的感动，这感动让她突然冒出一个奇怪的念头，村子里的人是不是可以用稻草人代替呢？

绫野月美的念头一出，便控制不住自己，她先是根据记忆制作出村民们的脸，这个过程中，她参考了一些老照片，然后询问了很多人，接着用报纸和稻草做身体的填充物。

最关键的是，每做完一个稻草人，绫野月美就会在记忆里分析，这个人经常到哪里去，最常表现的是什么，当回忆定型之后，她就会把这个稻草人摆到想象中的位置去。

到2008年时，绫野月美已经做了十几个稻草人，这时她发现，这个过程不仅仅是对之前回忆的重现，而且对日本渐渐消失的村落文化也有着很强的传承作用。于是，在金泽美术工艺大学的帮助下，绫野月美正式把这件事做成了一个项目。

她采访了从前村庄里的很多人，然后按照这些人的记忆继续发展自己的"稻草人"团队。这时，四国岛的一家旅游集团和绫野月美联系，说要无偿提供赞助。

于是，一个村庄就变成了绫野月美小时候的样子，路边的庄园里，有几个正在辛勤劳作的农民；村头的小店前，有两位老人在聊天晒太阳；小树林边上，有一张吊床，上面躺着两个闲适的儿童，甚至在路边还有人举着牌子提示交通信息。

最让绫野月美感动的是，当她第一次带着那些城市里得了阿尔茨海默病的老人来到村庄里时，那些老人的表现令她震惊了：他们的眼睛里面闪着光，有的甚至流下了泪水，有些记忆竟然神奇般地回到了他们的脑海中，有一个许多年前在村里居住的老人，竟然找到了自己当时居住的房子，这一点是绫野月美完全没有想到的。

从那之后，她决心把村子建成一个阿尔茨海默病的康复中心，因为这些场景确实有着唤醒记忆的神奇效果。

后来，绫野月美的奥祖谷村庄成了日本乡村旅游的典范，而她也因此获得了由日本政府颁发的艺术大奖。绫野月美表示，关于奖项她并不在意，她想让更多的人记住村庄的模样，了解村庄的来历，亲历村庄的变迁，和这些不会说话却永久忠诚的稻草人成为朋友。🌱

这家书店永远都是陌生人在『经营』

文/流念珠

如果有人问你：你愿意每天倒贴36英镑到一家书店当免费劳动力吗？你或许不愿意。可在苏格兰，就有一家让人们争着抢着要贴钱去当免费劳动力的书店。

洛杉矶作家兼导演杰西卡·福克斯，从小就有一个梦想——能在海滨小镇拥有一家书店。三年前，杰西卡到苏格兰一个名叫威格敦的小镇旅游。威格敦的人口虽然只有一千人左右，但风景迷人。最关键的是，这里是著名的旧书交易中心，拥有10家书店，是苏格兰认证的"国家图书小镇"，每年都会举办图书节。

来到威格敦之后，杰西卡深深地喜欢上了这里，于是干脆搬来定居。住的时间久了，杰西卡就想：这个世界上应该有很多人和我一样，都有开书店当老板的憧憬。既然威格敦是个图书小镇，我何不建议他们开一家旅馆式书店，让所有与我有同样憧憬的人都来体验一把当书店老板的感觉？

抱着这样的想法，杰西卡向小镇图书机构提出了"书店+旅馆"的经营概念。机构负责人觉得这个想法很棒，就马上落实建成了这个书店，并将其变成一个由机构运营的项目。在杰西卡的建议下，这个书店取名为"旅馆书店"，并在全球最大的轻博客网站汤博乐上向全球游客公布预订信息。

游客只要通过房屋共享服务网站爱彼迎预订这家书店，就可以在短期内担任这家书店的老板，自主地经营。书店楼上有专门的住宿房间，游客住一宿的价格为36英镑，但一次最少预订六晚。至于书店预订事宜，则由杰西卡和图书节机构组织者阿德里安·特平一起处理。

"旅馆书店"刚开始经营时，小镇图书节机构的所有人都有些担心，怕没人愿意上门。可渐渐地，预订的人越来越多，没过多久，时间就被排到了未来一年多。这反倒让大家有点儿想不通了：人们为什么这么乐意来？杰西卡说："很简单，因为他们都和我一样，一直都有当书店老板的文艺情怀。"说完，她翻出人们在"旅馆书店"汤博乐上记录的"店主日记"给大家看。

有个名叫丹·达尔顿的人写了这样一篇体验游记：美丽的苏格兰沿海城市，我在完全无须担忧书店盈利问题的情况下，经营着一家小书店。早上十点开门，中午关门去酒吧吃个午餐再回来开店；下午四点关门后，我又到转角酒吧喝了一杯啤酒才回来……关于卖书的浪漫想象，在繁忙城市中的大连锁店也许真会幻想破灭。但在这里，身边围绕着旧书的气味，我发现，我的幻想已经成真……

另一个名叫琳莎的"店主"这样写道："你可能要问我，这不是书店变相招廉价劳动力吗？我可以很负责地告诉你：这不是打工假期。对于那些爱读书又有兴趣体验书店工作的人而言，这是一个特别美好的假期。"

美国一个名叫哈维·琳赛的作家当了几天书店老板之后，言简意赅地总结道："你绝对能在'旅馆书店'里享受到一段与书相伴的美好时光。"

与渐冻症抗争14年

文／翟佳琦

还记得2014年火遍全球社交网络的"冰桶挑战"吗？2017年11月25日，一个令人心痛的消息传来：这项挑战的发起者，也是一位渐冻症患者的美国人安东尼·瑟那查离开了人世，终年46岁。

安东尼成长在美国亚拉巴马州的佩勒姆市，中学时代的他热爱足球，技艺精湛。就在高中的绿茵场上，安东尼邂逅了他后来的妻子珍妮特。2003年，在经历了长达14年的爱情长跑后，安东尼与珍妮特终于走入了婚姻的殿堂。这时32岁的安东尼，无论事业还是爱情，似乎都是在节节高升，但就在那年，安东尼被诊断出患了渐冻症。

医生认为他可能只剩下几年的寿命，但安东尼并没有就此屈服，此后14年中，安东尼开始努力唤起人们对于渐冻症及其患者的关注和了解，而这其中最卓著的努力，无疑是令全世界瞩目的"冰桶挑战"。其实，"冰桶挑战"最早的发起人并不是安东尼，刚开始甚至和渐冻症没任何关系。

据《时代周刊》2014年报道，是安东尼的妻子珍妮特的表哥，职业高尔夫球运动员肯尼迪最先被自己的朋友点名参与"冰桶挑战"。那时，"冰桶挑战"并没和渐冻症扯上关系，被点名的人可以接受挑战，或者捐出一些善款。肯尼迪看到了安东尼在对抗渐冻症过程中的努力，选择了向"渐冻症研究组织"捐款，并且点名了安东尼的妻子珍妮特参与"冰桶挑战"。

"我表哥肯尼迪给我发邮件，让我看下自己的社交网站。他点了我的名其实就是一个玩笑，因为我们以前也经常互相开玩笑，他以为我肯定会找个基金会捐钱算了。"然而，珍妮特并没有示弱，选择了接受挑战，并在紧接着的7月16日上传了自己接受挑战的视频，并且点了更多的人。在发布视频时，她打上了一个标签：抗击渐冻症。

自此，该活动开始在渐冻症患者的"病友圈"中发酵，很多患者的身边人开始参与挑战，特别是一名"大V"级渐冻症病友的加入，开始将这一活动带入公众视野。而就在7月29日之后，渐冻症联合会组织开始收到大笔捐款。随后，著名的商业"大佬"比尔·盖茨、扎克伯格，科学家史蒂芬·霍金，还有一众演艺界明星纷纷加盟，将这个活动的效应推向了"霸屏"级别。

正是安东尼对于渐冻症不懈的抗争精神，激发了自己身边的人投身这项活动，并让更多人受益，因此，他被媒体和大众称为"冰桶活动"创始人，荣誉和掌声也不断向他涌来。但在所有的身份中，安东尼最珍惜的还是自己作为父亲的角色，尽管行动不便，他每天最享受的事情就是陪女儿塔亚吃早饭，辅导她做功课，跟她一起散步。

"定义我们人生的，从来不是我们向生活索取了什么，而是我们给予了他人什么。"安东尼说。

电子亲情

文/王梦影

我和我爸妈现在的感情交流，主要走线上途径。我在北京上学工作，父母在家乡十八线小县城。我一年假期很紧巴，一有空还老惦记旅游看看世界，回家的日子很有限。放十年前，我就是需要《常回家看看》这种催泪歌曲敲打敲打的不孝远游儿。

中国人智能手机普及率过半已经九年，骨肉分离的悲情气氛再难酝酿那么浓了。我妈没事就发一条微信过来，她通常发语音，配以海量图片。内容拉拉杂杂，从家里的兰花开放数量到我叔伯姨的新动向，顺便问我冷暖。我爸则保持着无线电静默，隔一段时间一通紧急视频电话。多半是他又看到外卖员起歹心、白领过劳死或手机无故爆炸的社会新闻了，焦虑一夜，必须再和我当面叮嘱一番。

网络连线的那头，爸妈穿着棉睡衣坐在家里沙发上，笑容和皮肤都非常柔和——我妈新购置了美图手机，自带磨皮效果。视频时我总忍不住多留意右上角，瞟着有自己的画框。爸妈不会，他们爱盯着主屏幕，那里有我的脸。尤其是我爸，老是越凑越近，搞得我有时只能看见他巨大无比的鼻子。

给父母的朋友圈点赞是我作为女儿应尽的义务。我妈发一条状态的认真劲儿不亚于某国总统发布国情咨文，精心推敲文案，还要权衡思索。她退休后爱玩儿，带着十条丝巾和两副大墨镜走遍祖国大好河山，家里一阳台的花，精心侍弄，应季轮番开放。

给父母点赞通常不会带来太多系统通知，两代人没多少共同好友。只在似乎很久以后，我几乎都忘了曾经的随手一点，微信后台显示统一回复了"谢谢亲们"，并配以玫瑰花的图案。那时，在北京的寒风或霓虹里，我会忍不住笑起来：爸爸妈妈，正在好好生活啊！

向父母开放朋友圈则是一个有争议的水域，各家子女各有思路。我的朋友圈没什么好隐瞒的。一个互联网行业的朋友则小心控制着传播路径。北漂数年，她加班纪录疯狂刷新，发际线则大规模后退，一句吐槽能让远在四川的爹娘咂摸上三天，最终得出女儿濒临过劳死的结论。最终的解决途径是她每天在家庭群里发一张自己的伙食照片。父母有着朴素哲学：吃好了，说明过得还不错。直到最近，连着几天，她发出去的图片无人回应，孤零零地悬在冷清的群聊记录里。"是不是把我屏蔽了？"她心情复杂。

"双十一"是我尽孝的重要舞台。长久以来，我和我妈的母子情主要体现在QQ（腾讯即时聊天工具）上互发宝贝链接。随着收入渐涨，"妈帮你买"逐渐变成了"妈，帮你买"。她叫不出我熟悉的那些品牌名，乐得我给她张罗："这家的明星产品补水好""那家的对付眼部细纹有一套"，像个快乐的小孩。我爸的一大爱好是给我发红包。学会倒腾支付宝和微信支付花了他一番工夫，从此，发出的每一笔钱都额外多了一层立足新时代潮头的赠予。而我是这种快乐的最佳接收对象。

线上再多色彩，但与真正面对面的冲击还是无法相比。刚走到楼梯口，鸡汤香味撞进鼻腔，推开门，厨房锅碗碰撞声和妈妈的笑声泼洒出来，爸爸张开双臂，一把搂过我，又暖又结实："女儿回家啦。"当然，言笑晏晏，酒足饭饱，三个人放下筷子，不约而同拿起了手机。

为两千多个孩子支起一个家

文／王景烁

乍看上去，这些孩子和其他孩子并没有什么不同。但只要在人群中，他们总爱低着头，长时间地沉默着，掩饰不住怯怯的神色。走近后，你会发现，他们的眼睛里有一个复杂又敏感的世界。就像诺诺，她喜欢独来独往。很少有人知道她藏在心里的秘密——小时候，一场因琐事而起的争吵逐渐升级，她亲眼看着爸爸失手杀死妈妈，诺诺下意识地伸手

去挡，却被沾了血的菜刀划伤，一条长长的疤痕留在手掌上。

乐乐已习惯了雨水哗啦啦地穿透屋顶缝隙把自己的被子淋湿。这个破旧的小农舍附近养了一群鸡鸭，尤其在雨天，一股混着家禽粪便的味道会顺着窗缝飘进屋里来。而琳琳的转变似乎就在一夜之间。"家里出事"后，嘘寒问暖的老师和亲属的眼光一下变冷了，有调皮的同学顺势给她起了外号——因为她姓范，干脆就叫"范罪"。她被渐渐孤立，对学习没了兴趣，在学校甚至连一刻都不想再待下去。

这些幼小的孩子被迫提前告别无忧无虑的童年。父母入狱后，他们突然被打上"服刑人员未成年子女"的标签，生活变得异常沉重：多数被隔代抚养，家庭贫困，缺乏关爱，还时常要面对周围人的孤立和嘲笑。数据显示，在我国，这个群体的总数至少有六十万人。这样灰暗无光的角落却将和西梅的目光牢牢吸引住了。她创建了泰山小荷公益组织，从2012年到现在，她和志愿者们一共帮助了两千多个服刑人员的未成年子女。这个名为"中国彩虹村助学计划"的项目，专门针对这些孩子进行生活帮扶、心理干预、学习辅导等，目的就是帮助他们健康成长。

"'彩虹村'的意思就是希望这些孩子在经历过风雨后可以看见彩虹，有个美好多彩的明天。"和西梅算了算，在她们帮扶的两千多名孩子中，至今无人犯罪，39个孩子考上了大中专院校，32个孩子毕业后找到了适合自己的工作。这些家庭的服刑人员里，有31人出狱后转化成为志愿者。如今谈起服刑人员未成年子女的救助，和西梅早已轻车熟路。很难想象，此前她曾对公益完全没有概念。

父母服刑，孩子是最直接的受害者，他们也在经受着刑期带来的"副作用"。一些家庭的房子已破败不堪，冬天里连烤火的炉子都没有，就在大门外支着零星的柴火。没有长期的劳动力，没人管束，没人谈心，加上一些风言风语，这些孩子的童年并不好过。"父母的错误不应由孩子来承担。这个群体难以碰触，但他们又特别需要我们去碰触。"

和西梅还"咬牙"走进监狱。她曾跟2800多名服刑人员面对面，近距离接触这些孩子的爸爸。聊起孩子在外的现状，这些男人默默地流下了眼泪。破碎的关系开始逐渐弥合。就像浩浩，父亲入狱那年他正上高中，如今已找到一份青岛大企业的工作。前不久，他和父亲第一次在监狱会面，和西梅看见浩浩主动握起父亲的手，认真地说："放心吧，我等你出来。"一些转变也在悄悄发生。小宇的爸爸出狱后，一家人在当地开了个小饭馆，取名"小荷家园"，这名曾经的服刑人员，如今已经成了小荷公益的长期志愿者。
（文中受访孩子均为化名）

十七岁那年,我把母亲骗进了精神病院

文/秦 舟

01

我从舅妈口中得知,母亲有精神病。可我并没有对母亲多一分理解,对她的嫌弃反而有增无减。高三暑假补课,我找了备考的理由在学校寄宿,眼不见心不烦。

国庆节前夕,舅妈突然在电话里说:"你妈这段时间病情特别严重。本来你上高三了,不想让你分心。但实在没办法,你得带你妈去看看。"

母亲已经很长时间不吃药了,无论怎么劝都不去医院。舅妈说:"只能由你骗过去了。"我心头一惊:"怎么骗?"

"你跟你妈说你要和她一起去体检,你妈只认你,她肯定愿意跟你去。"我很犹豫,虽然我一直不待见她,可一想到把她骗进去,我怕她会承受不了。她的病情会不会更严重?

舅妈仿佛看穿了我的心思,说:"到了医院,医生会帮你妈控制病情的。难道你想让你妈一辈子都这样?"

我咬咬牙,终于下定了决心。

02

回到家,母亲让我先不要进门。随即,她从屋里拿了一根树枝和一只装满水的花瓶,用树枝蘸着花瓶里的水,在我身上甩了一圈,说是辟邪。

这个举动说明母亲的脑子依然不同于正常人,却让我发现,即使她的大脑处于混沌状态,她的心里依旧想着如何保护我,让我不受伤害。吃饭时,我向母亲开了口,说带她去检查身体。如舅妈所料,母亲爽快地答应了。

我选择了母亲以前治疗的医院,我告诉医生,母亲抗拒治疗,我要骗她过来。

医生对我点点头,让我把母亲带来,剩下的交给他们。第二天,我带母亲到了医院门口。下了车,母亲对我说:"我记得这是我以前待过的医院,你不会又要把我送进去吧?"说完,她歪着头对我傻笑。

我故作轻松地说:"怎么可能?别瞎想,就是体检。"办完手续,护士说,只要我带母亲跟她一起上楼,进了大厅,等母亲换好病号服,就可以走了。我愣愣地点点头。母亲边换衣服边兴奋地给我讲她以前住在哪间病房,怎么吃饭,怎么起床……全程我都心慌得要命,根本无心听。终于,母亲换好了衣服。护士带着她去称体重,母亲上秤的时候,护士用眼神示意我,让我赶紧走。

我慌忙对母亲说:"妈,你先弄着,我去买点儿东西。"她说:"那你快点儿回来。"

我应了一声,走进电梯。电梯关上的一瞬间,憋了好久的眼泪流下来。母亲不知道,电梯门关了之后,我就不会再回去了。

03

两个半月后,母亲回到家中。我提前在家等她。刚进家门,母亲就笑嘻嘻地要抱我。半夜,我听到客厅有窸窸窣窣的声音,接着,我的门被打开了。我感觉到母亲趴在我的枕边,于是我睁开眼,母亲正笑着看着我。

我问:"怎么不去睡觉?"母亲说:"好久没见你了,想看看你。"我说:"好,让你看个够。"

母亲突然又说:"宝贝,你可千万别活得像我一样。不会做饭,不会说话,不会工作,不会照顾家庭。你要活得漂亮一些,知道吗?"

父亲早已再娶,母亲的全部牵绊,只有我。她给我的爱,尽管笨拙,可也是她能给的全部。想到这些,我含泪起身,一把抱住母亲。

喜马拉雅的雪猪，一直在神的手掌里

文/凌仕江

1

这么多年，我在藏地遇见的所有动物中，印象萌萌的非雪猪莫属，只是它有一个我极不喜欢的学名——旱獭。这样的学名非常影响它在我眼中呆萌的形象，或者说我是讨厌旱獭这个名字的。

2

原本这仅仅属于个人观点，哪知有天在人多的时候，不小心说漏嘴，迅即被在场的动物专家反驳。"先生，你或许可以保留你的观点，因为你不喜欢的动物名字可能还有土拨鼠、哈拉、齐哇。"在我们一起徒步通往神山冈仁波钦的路上，动物专家詹姆斯用十分诧异的眼神纠正我的动物观。对雪猪没了解的人，肯定以为他说了很多动物的名字。但凭我对这种动物的了解，知道这个英国人只是在强调一种动物——雪猪。

结伴同行者，背包客居多，还有一些是从事科考与探险的爱好者。这其中就有泰国的八岁少年柏朗依林和他的父亲托尼·贾。他们是家庭旅行爱好者，因为几年前到西藏游历，便爱上了喜马拉雅的雪猪。柏朗依林说他去过很多地方，遇见过很多动物，最忘不了的还是喜马拉雅的雪猪。这里的雪猪每次见柏朗依林，不仅愿意接受他的食物，还会对他拱手作揖示谢，这也成了父子俩每年返回西藏的理由。

3

在茫茫旷野的喜马拉雅腹地，雪猪是所有凡人神奇相遇的最好见证者。很多时候，它听到大自然发出的声响，先独自从洞口探出一个脑袋来，若发现不是其他庞然大物的侵略者，而是人类，马上就会蹦到地面上，立起身子，向同类击掌发出热烈的欢呼声，几乎用不了五分钟，一群雪猪便向你围过来了。

那些手脚短小、身体肥嘟嘟、向着人拱掌直立行走的家伙，眨着小眼睛，活脱脱像动画片中的熊大和熊二。柏朗依林说在阿里以西的那片草原上，曾有七八只雪猪对他拱掌，等着他奖赏食物，他在它们中间旋来转去，两眼放光，却犹豫着，不知应该先抱起哪一只。在他眼里，雪猪一只比一只可爱。"你们与哈拉居然有这样的约定，喜马拉雅真是一片圣洁的土地呀！"詹姆斯知道托尼·贾父子来找寻早年遇见的那只雪猪后，备受感动。"哈拉是谁？"柏朗依林将目光锁定在我身上。

我悄悄拉过柏朗依林的手告诉他，詹姆斯所说的土拨鼠、哈拉、齐哇、旱獭，都是同一种动物，而且都是你最喜欢的雪猪。

一路闲不住的柏朗依林，在草地上奔跑，找寻着他渴望的奇迹。忽然，一声慌乱的尖叫，惊扰了每一个人。柏朗依林喘着粗气，像中了邪一样跑回来，说他刚刚看到一只大雪猪从他身边经过。他蹲下身给它喂饼干，遗憾的是那只雪猪并没有用鼻子问候他，他失落地抽泣着，"它不是我的雪娃，我说过今年还会回来看它，可是我的雪娃，究竟去了哪里？""别哭，我们再等等，说不定它还会出现呢！"托尼·贾安慰儿子。

4

我们打起精神，拍拍尘土，准备上路，这时奇迹出现了。一只体形硕大的雪猪，像是披了一件毛茸茸的灰风衣，从狮泉河边朝着人群直奔而来。它跑在路上的憨态惹人怜爱，那调皮的尾巴和短短胖胖的手脚煞是可爱。

柏朗依林一个箭步飞冲出去，眨眼之间，它一个猛扑投入柏朗依林怀里。"雪娃，我的雪娃。"像家中饲养的小萌宠一样，他唤它雪娃，只有他赋给它这个独有的昵称。他掏出一块夹心饼干，它为他拱起了双手，屁颠屁颠地伴随在他前后左右。

"说好的，我们明年还会来。"托尼·贾忍不住抱起柏朗依林和雪娃，在野花拂动的长风中，他们快乐地旋转。世上不少地方视雪猪为有害动物而展开捕杀，但喜马拉雅的雪猪，一直在神的手掌，在灵的怀抱，在风的眼里，被爱暖暖地呵护着。

"金秋"与颜色无关

文/刘洪宇

古人把世间万物看成由金、木、水、火、土构成。"金秋"之中的"金"，其本意指的就是我国古代"五行"（木火金水土）中的"金"，而并非指"金色的秋天"。

古代阴阳家还用"五行"来解释一年四季的变化。

他们用木火金水分别主管四季中的一季，以及四方中的一方：木主管东方和春季，火主管南方与夏季，金主管西方与秋季，水主管北方与冬季。土主管中央，并辅助木、火、金、水。

为了便于记忆，古人将五行（木火金水土）、五方（东南西北中）和五色（青赤白黑黄）与天干地支中的天干：甲乙、丙丁、庚辛、壬癸、戊己相配，编成歌诀如下："东方甲乙木（青）、南方丙丁火（赤）、西方庚辛金（白）、北方壬癸水（黑）、中央戊己土（黄）。"

由此观之，"金"即指秋季，"金秋"就是秋天的意思，而"金风"自然就是指秋风了。

知否？知否？此话大有来头

文/少年怒马

"知否？知否？应是绿肥红瘦"，因为同名电视剧热播，也跟着火了。这首《如梦令》是李清照的代表作。这首词看起来非常简单，事实上，却大有来头。因为它不是李清照一个人写的，而是好几个人，用400年时间完成的。

时间回到大唐。鹿门山上，20岁出头的孟浩然刚刚起床。山里风雨停息，孟浩然几乎脱口而出一首小诗："春眠不觉晓，处处闻啼鸟。夜来风雨声，花落知多少。"孟浩然的"夜来风雨，花落多少"，不就是李清照的"雨疏风骤，绿肥红瘦"吗？事实没这么简单。从《春晓》到《如梦令》，中间还缺几样东西。第一个，叫作"情"。必须有一位足够深情的人，才能补上这一环。终于，100年后，一位情诗高手缓缓走来。他的名字，叫李商隐。

李商隐简直是男版的林黛玉，一出招就是化骨绵掌。这一年，李商隐看到繁花凋谢，一阵伤感莫名袭来："高阁客竟去，小园花乱飞。参差连曲陌，迢递送斜晖。肠断未忍扫，眼穿仍欲归。芳心向春尽，所得是沾衣。"跟李清照的"绿肥红瘦"一起看，一样见不得花谢，只是十七八岁的李清照还达不到"断肠"的程度。写完这首《落花》，李商隐一声长叹：碌碌尘世，会有人继承我的衣钵吗？有。一个清脆的声音答道。这个叫李商隐大姨夫的孩子，名叫韩偓。他曾站在小姐姐的角度，写过一首《懒起》："百舌唤朝眠，春心动几般……海棠花在否，侧卧卷帘看。"是不是似曾相识？没错，"百舌唤朝眠"，就是孟浩然的"春眠不觉晓，处处闻啼鸟"，但它比《春晓》更有烟火气，加了一味"情"。

光有这首《懒起》，还是不能写出《如梦令》，缺的另一样东西，是音乐。几乎同一时期，又一个李家人上场了。这位名叫李存勖，是后唐这个短命王朝的创始人。他当皇帝不靠谱，却是一个优秀的音乐导师。在某一场《后唐好声音》上，李存勖填了一首词："曾宴桃源深洞，一曲清风舞凤。长记欲别时，和泪出门相送。如梦，如梦。残月落花烟重。"李存勖对这首词很满意，就叫它《忆仙姿》吧。

公元1084年，49岁的苏轼守得云开见月明，突然岁月静好起来。来，看看《忆仙姿》："手种堂前桃李，无限绿阴青子。帘外百舌儿，惊起五更春睡。居士，居士。莫忘小桥流水。"

直到这时，《如梦令》的曲调和意境都有了。只是，接下来登场的人，依旧不是李清照。苏轼一生桃李满天下，其中一个，叫秦观。这一年，喜欢朝朝暮暮的秦观同学，决定用《如梦令》向老师致敬："莺嘴啄花红溜，燕尾点波绿皱。指冷玉笙寒，吹彻小梅春透。依旧，依旧，人与绿杨俱瘦。"不愧是婉约派大师，一出手就释放他的荷尔蒙，燃烧你的卡路里。

李清照的父亲也是苏轼的学生，前辈这些作品，青春期的李清照一定都读过。这次你真的看出来了，在她这首《如梦令》诞生前，前辈们早已替她写完："昨夜雨疏风骤"与"夜来风雨声"；"却道海棠依旧——知否？知否？"与"海棠花在否？"；甚至那个点睛的"瘦"字，都有"瘦觉锦衣宽"和"人与绿杨俱瘦"打底。我都忍不住，真想对她说一句：知了，知了。

巴黎左岸的一家传奇小书店

文/孙道荣

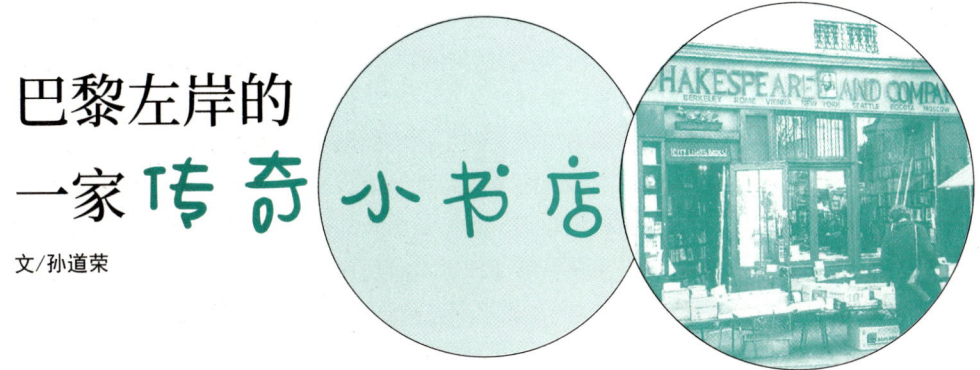

去过巴黎莎士比亚书店的人,一定会注意到,书店通往二楼的逼仄楼梯上,写着这样的诗句:"当你身陷孤独或黑暗,我希望我可以让你看见:你自己生命的惊人光芒!"这句诗,出自14世纪波斯伟大的抒情诗人哈菲兹。它被醒目地书写在莎士比亚书店红色的楼梯台阶上,每一个进出书店并登上二楼的人,都会一眼看到它,让人眼前骤然一亮。

一家小小的书店,能成为巴黎的一处文化地标,莎士比亚书店本身,就具有惊人的光芒。书店的两任店主,都是美国人。第一代莎士比亚书店,由希尔维亚·毕奇于1919年开设。谁也不会想到,就是这个看起来纤细得弱不禁风的毕奇,将一家小小的书店,建成了作家们在巴黎的家,一处文化的摇篮。

书店开业之初,亦是一战刚刚结束不久,"迷惘的一代"刚经历炮火与杀戮,对人类社会充满失望与怀疑,他们纷纷来到巴黎,试图寻找答案。海明威、乔伊斯、艾略特,来自世界各地的作家,齐聚莎士比亚书店。

让莎士比亚书店真正奠定它在文学史上的地位的,是毕奇冒险帮助作家乔伊斯出版了在美国和英国都被列为禁书的《尤利西斯》。当时,困顿的乔伊斯走投无路,连载《尤利西斯》的报刊都遭到了美国当局的打击,杂志被扣押和没收,甚至对出版人提出了起诉,英国也视《尤利西斯》如洪水猛兽。就是在这样艰难的背景下,毕奇决定冒着被打压和破产的风险,出版《尤利西斯》。这部皇皇巨著这才得以出版,并轰动世界。

二战时,巴黎沦陷,莎士比亚书店在纳粹的一次次威胁下,不得不关闭。美国弱女子毕奇一生致力的事业,就此画上句号。如今,莎士比亚书店的旧址上,只有一块小木牌,上面写着:"《尤利西斯》在这里出版。"

1951年,另一个美国人,38岁的乔治·惠特曼在巴黎左岸拉丁区又开了一家书店。1962年,希尔维亚·毕奇将"莎士比亚书店"这块沉甸甸的金字招牌,交给惠特曼使用。像毕奇一样,惠特曼的第二代莎士比亚书店,从创办之初就十分注重与作家们保持良好的关系,积极参与巴黎的文学活动,并为拥有作家梦的年轻人提供场所,鼓励他们创作。惠特曼将书店二层辟为图书馆,书堆间还有床铺,供"风滚草"一样的作家、艺术家和知识分子到书店里生活、交流和创作,这个公共项目至今已使来自世界各地的超过3万名"风滚草"受益,其中不乏"迷惘的一代"代表作家艾伦·金斯堡、亨利·米勒等。

坐落在塞纳河左岸的一家普普通通的小书店,成为巴黎的一个文化标杆,一代代"朝圣者"慕名而至,并不是偶然的。它的惊人力量,不仅仅在于它自身的光芒,更是让每一个在困顿、迷惘之时走进它的人,发现、找到他自己生命的惊人光芒。

胖子是用来做朋友的

文/南在南方

人一旦成了胖子,有没有名字无关紧要。人喊一声胖子,总有人应一声,哎!场面颇有喜感。一般来说,胖子贡献幽默。

《世说新语》有一则"庾公造周伯仁"。伯仁曰:"君何所欣说而忽肥?"庾曰:"君复何所忧惨而忽瘦?"伯仁曰:"吾无所忧,直是清虚日来,滓秽日去耳。"瘦子伯仁除了自吹,顺道笑话胖子藏污纳垢。

这话要是东汉文学家边韶听了就会有不同意见,有一回他白天睡觉,有个弟子说:"边孝先,腹便便,懒读书,但欲眠。"边韶听了说:"边为姓,孝为字。腹便便,《五经》笥。但欲眠,思经事。寐与周公通梦,静与孔子同意。师而可嘲,出何典记?"拿白话说,老师肚子大,那装的是"四书""五经";白天睡觉咋啦?我思考典籍咧。熊孩子吃豹子胆了,敢笑话老师!边先生便贡献了一个大腹便便的成语。

其实,苏东坡是个胖子。宋代《梁溪漫志》说:东坡一日退朝,食罢扪腹徐行,顾谓侍儿曰:"汝辈且道是中有何物?"一婢遽曰:"都是文章。"坡不以为然。又一人曰:"满腹都是识见。"坡亦未以为当。至朝云乃曰:"学士一肚皮不合时宜。"坡捧腹大笑。

能捧腹大笑的,基本上都是胖子。奇怪的是,一母所生,兄常常比弟要胖。

有一回我偶然在一本杂志上看一个故事,说皇帝哥哥喜欢吃,吃成一个胖子,不理朝政。弟弟觉着这样不行,就自个当皇帝了,把哥哥放在一个院子里,门很窄。弟弟说,只要哥哥瘦下来,能从这门里出来,皇上还是哥哥的。太医给开了很多减肥方子,哥哥撕得粉碎,只是让膳房做山珍海味来吃,吃啊吃,越发出不了那扇门。追随者愤愤不平,这个吃货太没志气了,非胖死不可!

果然胖死,胖死之前说:"不是不想减肥,我在门里,还有弟弟,若是出了门,哪里还有弟弟呢?"这也是兄弟情深。

最近,哈佛大学医学院有个报告说:在固定时间内如果调查对象的朋友变胖,他本人变胖的概率增加57%;如果他有个极其亲密的胖子朋友,他变胖的概率会增大3倍。

好多人惊呼,好像胖子危机来了,这有点儿危言耸听,一个人如果没个胖子朋友,那叫什么圆满呢?况且胖子在身边,常常让人有种丰收感,比如,低垂的稻谷、炸开的棉朵、卧着的南瓜。没事擂他一拳,回力绵软,人生快慰莫过于此。

英雄应该主动拥抱不确定性

文/万维钢

古龙的小说《天涯·明月·刀》里有个人叫杜雷，他每天都一定会在同一时间起居饮食，比如说在中午同样的时间到会宾楼，点同样的四样菜和两碗饭、一壶酒，吃完又在同样的时间离开。

他希望别人都认为他是个守时而有效率的人。可我们知道，像这样以循规蹈矩为荣的角色不太可能是英雄小说的主人公——所谓英雄，就应该专门打破常规，做一些一般人连想都不敢想的事。

换句话说，杜雷刻意避免不确定性，而英雄人物应该主动拥抱不确定性。

《我们怎样学习》这本书里提到了一个有意思的实验。受试者被要求学习打网球，特别是要学A、B、C三种不同的发球方法。全体受试者被分成3组：

第一组是先练20遍A方法，再练20遍B方法，再练20遍C方法。

第二组是按照ABCABC这样固定的顺序轮番练习，也是每种方法各练习20遍。

第三组是随机的，没有规律，但是一个发球方法连续练习不超过两次，最后也是每种方法各练习了20遍。

然后考试。但考试被故意设计得跟练习不一样——练习发球的时候都是在场地的左侧，而考试的时候发球却是在场地的右侧——研究者想看看哪组受试者更善于应对这个新情况。

结果，"享受"了随机性的第三组的平均成绩是18分，轮换着练习的第二组平均成绩14分，而连续按同一个动作猛练的第一组平均成绩只得了12分。

我们可以把这个道理推广到很多地方。比如说，做数学题不要反复练同一种题型，最好混合起来练习不同的解题策略，等等。

但我还想把随机性的好处往前再推一步。

不但学习内容应该随机安排，学习的地点、环境，最好也能随机化。也就是说，这堂课你在课桌前坐着学，下堂课最好在游泳池里泡着学，再下堂课可以考虑在床上躺着学……多样性的环境能对大脑产生各种刺激，特别有助于加深记忆。

我觉得这个现象可以使用一个更广泛的原理来解释：人体喜欢折腾。这就不能不提我特别喜欢的一本书——纳西姆·塔勒布的《反脆弱》。

所谓"脆弱"，是怕折腾，越折腾我就越强大。

在一定的范围内，人体是反脆弱的。这其实是一种进化带来的本能。我们周围的环境随时可能变化，所以人的身体中其实有一些冗余度，也可以说是人的潜能，平时不用，一旦遇到险恶环境就能发挥作用。

平时养尊处优，偶尔饥寒交迫一次，体内储备了多时的脂肪这时候就能被燃烧掉一些。人体作为一个有机体，对某一部分而言，你给它一点儿小刺激、小压力，只要有足够的缓冲时间，它都能够恢复过来并且变得更强。

所以。学东西最好时刻让自己保持在"学习区"，而不要停留在"舒适区"。

从学习和创新的角度看，主动增加一些不确定性——读几本自己领域之外的书，更容易带来惊喜。

别人家的孩子

文/金陵小岱

我上初二那年，家旁边开了个火锅店，恰巧火锅店老板的女儿跟我在一个学校读书，我们俩同年级不同班。

当我妈带着万分羡慕的表情看着她的时候，我就讨厌上这个姑娘，给她起名"火锅妹"。

火锅妹学习很好，会弹钢琴，并且性格非常温柔，这对于整个青春期都在不断爆炸的我来说，是个巨大的反差。从

此我家也有了个"别人家的孩子"，我妈开口闭口都在夸火锅妹，在她眼里，我简直一无是处。

我决定跟火锅妹交个朋友，我要看看她到底好在哪里。原本就没什么深仇大恨，况且初次见面的时候，我们俩就很聊得来，于是我跟火锅妹火速成为闺蜜。

我妈很开心，我终于不再跟我的"同类"厮混了，开始跟好孩子交朋友了！

某次午休，我在火锅妹的宿舍里玩了下她的手机，被生活老师当场抓获，生活老师让我们俩其中的一个去找自己的班主任来领手机。

当时上学不让带手机，我不愿跟班主任开口，火锅妹不敢开口。现在想来是我自私了，我玩了人家的手机，应该想办法把手机要回来，况且不是我的手机，我开口会比火锅妹开口容易得多。我们俩互不相让地僵持着，最终火锅妹没熬过我，自己去跟班主任领手机了。

从那以后，我们俩关系就恶化了，为此我妈又跟我闹翻了，青春期的我再叛逆，内心也是脆弱的，我还是渴望得到我妈的肯定，于是我又给火锅妹写了封信求和，但火锅妹收到信后，并没有跟我和好，用一副厌弃的模样看着我。

在十四岁的我看来，我是为了妈妈，出卖了一次自己的尊严。

又过了些日子，是全区联考，语文作文的命题是"无法修补的……"，我写了篇《无法修补的友谊》，从我跟火锅妹认识到决裂都写在那篇作文里。那次作文我得了满分，我的作文也被年级里的语文老师拿去当范文在班里讲解，大家都知道我写的就是火锅妹。

火锅妹或许内心有些触动，在走廊里见着了，会跟我打个招呼，而我却在写完那篇作文后，忽然间释然了：从今往后，爱谁谁，跟我都没关系。

再后来，火锅妹家的火锅店开不下去了，我们也毕业了，我与火锅妹从此再也没见过面。

我不得不承认，火锅妹这个"别人家的孩子"在过去的很多年里，都给我带来了巨大的伤害，我的敏感，我的自卑，我的不自信，都离不开这一段记忆，而火锅妹更是成为往后的很多年里，我跟我妈吵架的导火索与素材。

某天撩完我妈，我忽然抱住她："你看你给我带来过伤害，我不记恨你，我青春期跟你对着干，你也别记恨我好不好？"

我想我是真的释然了。

而那些你认为被父母伤害至深的事情，也都释怀了吧。别记仇，你要相信，你青春期的叛逆给他们带来的疼痛与你说的那些伤害相比，不到万分之一。

丑蔬果变脸记

文/谢智玲

对于消费者而言，买东西肯定要选外观好看的，买蔬果也不例外。然而自然灾害使不少"靠脸吃饭"的蔬果长得不尽如人意。它们的命运令人担忧。有的直接被扔在土里做化肥；有的让它自生自灭；有的即使被滥竽充数，也被丢在菜市场之外。据世界银行统计，全世界每年有四分之一到三分之一的食物遭到丢弃或浪费。看似不起眼的蔬果，累计起来却高达13亿吨。如此巨大的浪费，震撼了不少人。但要怎么做，才能拯救其貌不扬的蔬果呢？

日本一家名为My Farm（我的农场）的初创公司，决定改变丑蔬果的命运。他们把废弃的蔬果收集起来，堆在仓库里。堆积如山的蔬果，看着的确不怎么样，不仅长得丑，保质期也不长。公司里的人看着如此众多的蔬果，真是大伤脑筋。但要怎么让它们焕然一新呢？

于是，他们想尽办法，对于如何才能让蔬果存活下来，试验做了不少，结果都不尽如人意，蔬果也发出腐臭气味。看着腐烂的蔬果，心里真不是滋味，但又有什么办法呢？他们持续研究，采用完善的、生鲜的垃圾处理机制，将其变成肥料，让丑陋不堪的蔬果有了生存下去的希望，结果成功了。接着选择用可降解材料，印制成有蔬菜图案的包装。然后把种子和肥料卷进包装。一个精美绝伦的蔬果包，成功变脸了。不仅外表跟蔬果一模一样，看上去虽有缺陷，却很真实。

蔬果包种植也是轻而易举。只需将变脸的蔬果轻轻埋进土里。浇水，融化蔬果包的外包装。被肥料包裹的种子，用不了多久便会茁壮生长。继而被抛弃的蔬果有了第二次生命，变成可以吃的新鲜蔬果。就算家里没有小院，也没什么可担心的，随便栽在花盆里，由于肥料的持续滋养，它也会脱胎换骨，给你意想不到的回报。

这一举变脸的创意，不仅改变了歪瓜劣枣的蔬果的命运，对一家初创公司而言，独一无二的创意，肯定会有意想不到的收获。但意想不到的是My Farm并没有拿它赚钱，而是将其做成公益项目，所有蔬果包0元。进入店中，0元的蔬果包任你挑选。虽不要钱，但你可以随缘捐助，可捐可不捐，捐多捐少随意。捐助的资金，不经公司的手，大部分直接进入农民团体的公益账户，用以帮助遭受自然灾害损失的农民。剩余的用于补助提供蔬菜和种子的农家。

这样充满善意的蔬果变脸循环包，一经推出，大受青睐，众多爱心人士纷纷前来伸出援助之手。更难能可贵的是，许多妈妈不辞辛劳地带着孩子前来，一边讲解蔬果包的使用方法，一边告诉孩子要珍惜食物，不铺张浪费。蔬果种植风潮，正迅速席卷日本全国，成为全民可参与的低门槛公益活动，也隐隐预示着未来农业的发展方向。

蔬果变脸记，诞生于充满善意的单纯，触动人心而不凿斧痕。由此看来，再平凡的生活，也孕育着伟大发现的可能。

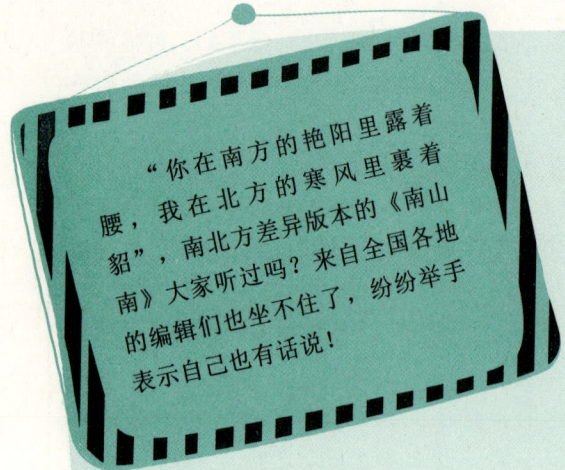

"你在南方的艳阳里露着腰,我在北方的寒风里裹着貂",南北方差异版本的《南山南》大家听过吗?来自全国各地的编辑们也坐不住了,纷纷举手表示自己也有话说!

南北编辑大作战:
这些差异,你们怕了吗

文/《意林》图书部

喵咪

作为一枚北方吃货,喵咪讲个故事吧。有一次邀请南方的同学来家里吃饭,一起去买菜的时候,同学想买少许干辣椒,老板嫌弃地看着我们把辣椒放在秤上,然后挥挥手说:"拿走吧!还没有我袋子值钱!"顿时觉得自己像是去乞讨的。南方的同学表示,这几根辣椒已经够炒好几盘菜用了,我赶紧把她拽走……

二梦

作为一个精致的南方妹子,来到北方之后发现了许多不同之处:虽然饭店菜量大得惊人,可盘子里的辣椒简直是"毛毛雨";空气干燥到爆炸,但是——有暖气!作为一个曾在冬天穿着厚厚的睡衣,裹着两床大被子依旧在房间里冻得瑟瑟发抖的南方人,我终于可以在有暖气的室内只穿着睡衣溜达了!拥有暖气的人,才有资格笑傲整个冬季。

青山

一名合格的南方人,三四月不囤够内衣内裤和买好烘干机,怎么有资格过春天呢?在南方过春的北方人大概知道,"回南天"有多么恐怖!(对南方孩子来说也是痛啊！）每年到了三四月份，只要有瓷砖和玻璃的地方，就会又湿又滑。不知道有多少"初来乍到"的北方人，滑倒在瓷砖地面上。

小王子

你觉得南北方差异最大的是什么？是经济差异还是文化差异？是饮食习惯还是暖气供应？我觉得都不是，南北方最大的差异应该是蟑螂！很多北方人还活在"天下蟑螂都一样"的梦里，直到他们来到南方才知道，这儿的蟑螂不仅个头大，还会飞！在北方蟑螂娇小身躯的衬托下，南方蟑螂简直成了精！小编亲眼看过身高一米八，重一百八十斤的大汉，尖叫着跑出房间的样子。

七喜

本人是一纯正西北少女，我们那儿就是"食肉者"的天堂。有次去南方同学家里做客，她妈妈热心地给煮了排骨，结果就是一小盘切得整整齐齐的、大约三厘米长的小肉段。然而没有吃饱的七喜，突然好怀念家乡"一扇儿"的猪排、羊排、牛排……几十斤肉肉放进大锅里文火慢炖，满室飘香啊！

桃子君

说起南方人在北方系列，怎么能忘记澡堂呢？大家在池子里赤身裸体，互相搓澡，达到人与人坦诚相对的目的。南方人到北方的澡堂，就像走进了白花花的"酒池肉林"。不过生活中也不全是抱怨，令南方人开心的时刻也很多，比如下雪。即使被舍友嘲笑自己看见下雪高兴得像疯了一样，也难掩玩雪时的好心情啊！

心叶

文／木 汀

单有海拔是不够的
还要加上没有杂质的蔚蓝
不，还不够
还要有悠悠白云忍不住落下的山岙
还要有麦浪般风的衣裳
满山坡青翠的绿啊
有谁知晓她是日月星辰的露
雨雪风霜的光
杀青的秘密
揉进岁月里珍藏
用他乡的水复活故乡的叶
尝到了你的未来你的梦想
还是再次品味你的过往你的留恋
每个人都该在心底泛起尘烟的时候
捧起一杯清茶
让叶的舒展
睁开心的宁静

怎样欣赏名著

文/[英]斯蒂芬·艾伦

什么是名著呢？名著就是这样的书——哪怕只是一瞬间，它都会使你从中感受到一部分生活的意义。名著是能经受住时间考验的书，是世界上亿万读者多少年来为从中得到特别启迪而阅读的书。我常听到人们说："名著太难懂了，我啃不进去。"让我出些主意，帮助你打开这个奇妙的世界。

不要躺在床上读：我承认名著会是很难读的，所以你必须思想活跃，器官敏锐。如果你躺在床上读，你就想睡觉，那么当你开始打瞌睡的时候，你就会埋怨那本书。

不要被众多的人物所左右：陀思妥耶夫斯基在他的《卡尔玛卓夫兄弟》一书中抛出了五十个主要人物。托尔斯泰在《战争与和平》的第一章中用了二十二个又长又复杂的名字，使你脑袋发麻。这时，不要急着往前翻，坚持看下去。渐渐地，这些人物就会变得清晰。你会觉得和他们在一起，就像和你的老朋友在一起一样。你会想起你的许多朋友，在结识前也是陌生人。

给作者一个机会：不要过早地说"我看不懂"，要坚持读完。有时也许是你对你所要读的那本书还没有做好充分准备。我啃柏拉图的《理想国》一共啃了三遍，才看懂。如果你认真看了但确实看不懂，你把它放到一边，搁一天或一年，先去读另一本书。

读作者读的书：任何一个作家都是他所处的那个时代的产物。了解当时的历史、作家及其他人所面临的问题和他们的态度会帮助你理解作家的观点。作家的观点不一致没关系，起码他使你思考！

阅读有关作者生平的书：你对作家的个人经历知道得越详细，你就越明白他为什么写他所写的作品，你就会开始明白那些隐藏在作家作品中的自传性的花絮。一个作家不可能不暴露自己。我们关于莎士比亚的大部分猜测都是从他的剧作中找出的线索。

重读一遍：所有名著都经得起反复读。你读完一本书后，如果很感兴趣，又不完全懂，那么立即重读一遍。你会发现更多的东西。如果几年前你读过一部名著并且喜欢它，就再读一遍。书里还有那么多新的东西要告诉你，你简直不会相信这是同一本书。

不要只把你的脚尖浸在名著这潭深水中，要跳进去。像前面一代代聪明的人类一样。你会觉得自己的灵魂深处被那些历史上最有天赋的作家的思想和洞察力鼓舞着。

作家最常用的那些词

文/贝小戎

上初中时,有一次同桌让我在一篇文章中找"活该"二字,我找了半天也没找到——完全没想到这两个字在《论雷峰塔的倒掉》的结尾,独立成段。

有了文档和电子书之后,搜索文本中的某个词就非常容易了。毕业于哈佛大学的本·布拉特分析了各种文学经典和畅销书之后,他说J.K.罗琳最常用的词是"魔杖""巫师""魔药",这显而易见。比较新鲜的是,简·奥斯汀最常用的词是"礼貌""幻想"和"轻率";海明威最常用的词是"门房""船尾";谭恩美最常用的是"葫芦""花生""面条";"007系列"小说中最常出现的是"洗手间""裤子"和"闪耀";纳博科夫最喜欢用的词是mauve(紫色),其实他喜欢各种表示颜色的词,因为他是一个联觉者,他说他听到声音的同时还能看到其颜色:g和r是黑色的,蓝色组有钢铁般的x,绿色组有桤木叶f和苹果p……

布拉特大胆断言,对作品用词的统计能轻易地辨别出作者是男性还是女性。有些词的性别特征很明显,如"刮胡子"和"购物",有些不那么明显,如"确实"和"有些"。他说,男性角色更有可能咕哝、咧嘴笑、轻声笑、喊叫和杀人,女性角色则更倾向于颤抖、哭泣、低语、尖叫。根据他的统计和分析,托尔金的《霍比特人》的男性特质占99.9%,《麦田里的守望者》则是经典男性小说中女性特质最强的。

他还分析了作家使用标点符号的情况。美国犯罪小说家埃尔莫·伦纳德在《写作的10条守则》中说,每10万字使用的感叹号不得超过3个,而他自己并没有遵守这一守则。他写了40多部小说,总字数有340万,按照他提出的写作建议,他在整个写作生涯中使用的惊叹号应该只有102个。实际上,他用了1651个,是他建议的数量的16倍,每10万字用了49个。不过,相对来说,他使用的惊叹号确实是最少的,用得最多的是乔伊斯,每10万字1105个。狄更斯是一个很吵的作家(713个),最安静的作家除了埃尔莫·伦纳德,还有海明威(59个)、厄普代克(88个)、福克纳(108个)。

让人感到不可思议的是,文体分析还能用来看病和破案。有人发现,英国前首相哈罗德·威尔逊在他的演讲中有明显的认知能力损伤的迹象,后来他主动辞职了。美国联邦调查局雇用了许多电脑高手帮他们做文本分析,但帮助他们找出问题的是莎士比亚研究专家唐·福斯特。近来有人说,艾丽丝·默多克去世后出版的小说中能看出她的心智退化的表现,她的文字中有些句子不够连贯,用词也不够特别。所以为了证明你自己的心智正常,也要挖空心思地推敲用词。

妈妈说，她再也不打我了

文/朱 瞻

小时候，我一直认为，我妈生我养我，就是为了打我。我在挨打这件事上向来独孤求败，没听过身边有谁挨的打比我多。上学之前，我跟爷爷奶奶住，我妈一打我，老爷子就气得吃不下饭。她只好见缝插针，等二老出门，她就开打。后来，我去城里读小学。一到城里，我妈占尽天时地利人和，就成了单向吊打。一般，我妈打完我就失踪一会儿。再出现时，开始抱住我，揉一揉我挨打的地方。再过一会儿，她还会再打我，简直有点儿人格分裂。

高一那年，记不清什么原因，有次我俩吵得很凶。她冲上来抓住我的胳膊，我推了她一把，她一个趔趄没站稳，摔倒了。她眉头抬得老高，不可置信地看着我，但最终没说什么。良久，她走进屋子里，大声哭起来。我当时只觉得这是人生第一次武力反抗胜利，并不觉得有什么愧疚。毕竟她打了我那么久，我都没哭，她有什么好哭的？

从那以后她很少打我。也许她隐隐知道，她早就打不过我了。但我们有了更大的冲突。她偷翻我日记，发现我有什么情况就嚷着要去找班主任。我堵着门，两人吵了将近一小时，她习惯性地伸出手准备给我一巴掌。我昂着头，瞪着她。

她怔怔地看了我一会儿，缩回手，转身进厨房做饭。这件事居然就这么轻松地过去了。我把那一刻当作反抗的真正胜利。从那天起，她对我不再那么强硬，甚至变得小心翼翼。

后来我和好朋友转学去了其他城市，我哭得稀里哗啦，等我哭够了，她扑哧笑起来："你怎么还跟小时候一样？哭了半天也没几滴眼泪。"我抬起头充满敌意地看着她，她有些尴尬，低下头吃饭。我们已经很久没有说话。我爸逼着我去道歉，但我梗着脖子决心跟她干到底。她主动示好，我也顺势给了台阶。我知道，她是想用一种委婉的方式哄我开心。那天她讲了自己的初恋，她还讲了自己的妈妈。

在她小时候，姥姥对她的唯一教育方式，也是打。妈妈12岁那年，姥姥得了肺病，逼她学做饭，不会就打。没过多久，姥姥就去世了。"你姥爷说，那会儿你姥姥知道自己不行了，她怕我不会做饭挨饿，每天就打着我在灶房里学做饭。"她也像早早离世的母亲那样，通过暴力控制我，使我不往她认为危险的方向发展。但我推她的那一天，她忽然发现，我成了一根绳子上跟她对立的另一股劲儿，她越拉，我走得越远。她不知道自己要做些什么，唯一能确定的是，再也不能打我了。聊开之后，我们的相处好了很多。她会跟我聊我的朋友。她很少问我的成绩，只跟我讨论我想考哪所大学，做什么样的职业。我一不小心讲出了自己好些秘密。

上大学前夕，我们聊了一整夜。我问她："以前你打完我就消失了，回来又一副心肝宝贝的样子，你是去干吗了？"她说，好几次打完我，自己蹲在外头哭，不知道生活为什么成了这样子。

那段时间她刚下岗，每天匆匆忙忙地骑着自行车奔波，接我放学后，就赶着回家做饭，还要腾出工夫打我。她的皮肤被晒得黝黑，眼睛也没有以前黑亮。回家路上，我看到她经常背手风琴的肩膀，勒出一道深红的印子。

大象远离角马的秘密

文/东莱西郎

非洲的塞伦盖蒂大草原上生活着数以百万计的角马,它们群居生活,群体庞大壮观。它们性格温驯,从不侵犯别人的领地。因此,许多动物都愿与它们为伍,混迹在它们的队伍中,一起吃草,一起喝水。就连小鸟都站在它们背上觅食,蜣螂也在等吃它们的粪便。当然,它们周围也不乏心怀叵测的猛兽。狮子、猎豹、鬣狗等天敌虎视眈眈,一直在寻找机会偷袭它们。

奇怪的是,几乎所有动物都爱与角马做邻居,但在角马的周围唯独见不到大象。而且只要见到角马群,大象就退避三舍,远远躲开。是害怕还是什么别的原因?这是一个谜。

大象是非洲草原的巨无霸,在草原上所向无敌,没有任何动物能撼动它,就连捕猎能手狮子、猎豹都奈何不得。按说,它们没什么可怕的,那么,它们为什么要躲避角马?动物学家经过观察研究,给出了答案:它们不是害怕,而是要躲避角马的叫声。可以想象,一只角马的叫声也许没什么大惊小怪,但是,上百万只角马的叫声呢?不会惊天动地,也会纷乱嘈杂。

在一般情况下,不热衷功利、不喜欢"热闹"的大象,更愿意远离喧嚣,独守自己的一份清静、安宁。

没有脸的肖像画

文/陆心岛

文艺复兴时期的德国画家汉斯·荷尔拜因最喜欢的作品,是一幅人脸模糊的肖像画。

汉斯从小跟随父亲老汉斯学绘画,因为天资聪颖,很快就可以靠卖肖像画为生。因为画画的速度快、作品质量高,汉斯常被顾客称赞。但老汉斯听到这些赞美后,并不高兴,反而若有所思。

一天,老汉斯突然要给汉斯画幅肖像画,汉斯欣然答应。老汉斯一向信奉慢工出细活,这回却很快就把肖像画画好了。汉斯惊讶地从父亲手中接过画,一看,发现画中的自己面容很模糊。汉斯疑惑地问:"父亲,您真的画完了吗?"老汉斯肯定地点点头。"那为什么我的脸有些看不清呢?"老汉斯平静地回答:"我是模仿几年后你的水平画的。我想,按照你现在作画的态度,渐渐就会画成这样了。"原来,汉斯以前作画很严谨,但时间一久,他嫌麻烦,就把一些易忽视的细节省掉了,并且越省越多。汉斯打了个寒战,如果自己继续这样下去,也许不用几年,就真的连人的面部都画不好了。

从此,汉斯再也不敢偷懒,每次都极尽细致,终以高度写实、细节丰富的肖像画闻名世界。

平凡的世界（节选）

文/路遥

在我们这个星球上，每天都要发生许多变化，有人倒霉了；有人走运了；有人在创造历史，历史也在成全或抛弃某些人。每一分钟都有新的生命欣喜地降生到这个世界，同时也把另一些人送进坟墓。这边万里无云，阳光灿烂；那边就可能风云骤起，地裂山崩。世界没有一天是平静的。

可是对大多数人来说，生活的变化是缓慢的。今天和昨天似乎没有什么不同；明天也可能和今天一样。也许人一生仅仅有那么一两个辉煌的瞬间——甚至一生都可能在平淡无奇中度过……

不过，细想过来，每个人的生活同样也是一个世界。即是最平凡的人，也得要为他那个世界的存在而战斗。从这个意义上说，在这些平凡的世界里，也没有一天是平静的。因此，大多数普通人不会像飘飘欲仙的老庄，时常把自己看作一粒尘埃——尽管地球在浩渺的宇宙中也只不过是一粒尘埃罢了。幸亏人们没有都去信奉"庄子主义"，否则这世界就会到处充斥着这些看破红尘而又自命不凡的家伙。

普通人时刻都为具体的生活而伤神费力——尽管在某些超凡脱俗的雅士看来，这些芸芸众生的努力是那么不值一提……

不必隐瞒，孙少平每天竭尽全力，首先是为了赚回那两块五毛钱。他要用这钱来维持一个漂泊者的起码生活。更重要的是，他要用这钱帮助年迈的老人和供养妹妹上学。

他在工地上拼命干活，以此证明他是个好小工。他完全做到了这一点——现在拿的是小工行里的最高工钱。

去年和"萝卜花"一块儿上那个工时，他曾装得一个字也不识。现在他又装成了个文盲。一般说来，包工头不喜欢要上过学的农村青年。念书人的吃苦精神总是令人怀疑的。

孙少平已经适应了这个底层社会的生活。尽管他有香皂和牙具，也不往出拿；不洗脸，不洗脚，更不要说刷牙了，吃饭和别人一样，端着老碗往地上一蹲，有声有响地往嘴里扒拉。说话是粗鲁的。走路拱着腰，手背抄起或筒在袖口里；两条腿故意弄成罗圈形。吐痰像子弹出膛一般；大便完和其他工匠一样拿土坷垃当手纸。没有人看出他是个识字人，并且还当过"先生"呢。

虽然少平看起来成了一个地道的、外出谋生的庄稼人，但有一点他却没能做到，就是在晚上睡觉时常常失眠——这是文化人典型的毛病。好在别人一躺下就拉起了呼噜，谁知道他在黑暗中大睁着眼睛呢？如果大伙知道有一个人晚上睡不着觉，就像对一个不吃肥肉的人一样会感到不可思议。是的，劳筋损骨熬苦一天以后，孙少平也常常难以入眠，而且在静静的夜晚，一躺进黑暗中，他的思绪反而更活跃了。有时候他也想一些具体的事，但大多数情况下思想是漫无边际的，像没有河床的洪水在泛滥；又像五光十色的光环交叉重叠在一起——这些散乱的思绪一直要带进他的梦中。

当然，不踏实的睡眠并不影响他第二天的劳动；他终究年轻，体力像拉圆的弓弦那般饱满……转眼间，一个月过去了。

清明之前，天气转暖，大地差不多完全解冻。黄原河岸边的柳枝，已经萌生起招惹人的绿意。周围山野里向阳的坡坂上，青草的嫩芽顶破潮润的地皮，准备出头露面在工艺厂的工地上，干活的人已经穿不住棉衣，一上工便脱下撂在了一边。现在，宿舍楼起了第一层；楼板安好后，开始砌第二层的屋墙。少平的工作是把浇过水的湿砖用手一块块往二层上扔——这需要多么大的臂力和耐力啊！这无疑是小工行里最苦的活；可是他应该干这活，因为他拿的是这一行的"高工资"。

这工地站场监工的是包工头胡永州的一个侄子，他年龄不大，倒跟上他叔叔学得有模有样，嘴里叼根黑棒卷烟，四处转悠着，从早到晚不离工地，指手画脚，吆吆喝喝。胡永州本人一般每天只来转一转，就不见了踪影——他同时包好几个工程，要四下里跑着指挥。晚上他是回这里来住的。胡永州和他侄子分别住在工地旁厂方腾出来的闲窑里。紧挨着的是灶房。做饭的除过那个雇来的小女孩，还有一位六十多岁的老汉，也是胡永州的亲戚；这老汉和胡永州的侄子住在了一孔窑里；那个小女孩晚上就单独在灶房里睡觉。其他工匠在这里吃完晚饭，就回到坡下那个垃圾堆旁的窑洞里去了。

工程大忙以后，需要的人也多了。胡永州陆续从东关大桥头又招回一些工匠；同时也打发走了几个干活不行的人。

人手一多，一老一小两个做饭的就应付不过来。他们光做饭还可以，但那个老汉还兼管采买，大筐的土豆和白菜，五十斤一袋的面粉，老汉一个人拿不动。胡永州突然决定由少平帮助老汉出去采买东西。对于工匠们来说，这是个轻松活，人人巴不得去干。但胡永州念少平是一个县的老乡，把这好差事交给了他。

少平就像被"提拔"了一样高兴。他现在每天只在工地上干半天活，另外半天就和做饭的老汉一块儿到街上去采买东西；一天下来，感觉当然比过去轻松多了。

活路稍微一轻松，他突然渴望能看点什么书——算一算，他又很长时间没见书的面了。正月里返回黄原到现在，他也没有去找田晓霞借书，因为他一直装个文盲，借回来书也没办法看。再说，他口袋里空空如也，想专心干活积攒一点钱，好给家里和县城的妹妹寄，根本没心思想其他的事。

就是现在，他也不能暴露他的文盲身份。正因为他是个只会卖力气的"文盲"，包工头才信任他，让他去干采购工作。要是胡永州知道他是个学生出身的人，又在他这里清闲得看起了书，说不定马上会把他打发走。他舍不得离开这个工程啊！一天赚两块半工钱不说，现在还不要像其他工匠一天顶到头地出死力。

但读书的愿望一下子变得如此强烈，使他简直无法克制。

他思谋：能不能找个办法既能读书又不让人发现呢？

只有一个途径较为可靠，那就是他晚上能单独睡在一个地方。🌱

《三国演义》里最神奇的一匹马

文/刘黎平

《三国演义》里提到的千里马，最有名的有两匹，一是吕布和关羽都骑过的赤兔马，一是刘备骑过的的卢马。这两匹马在历史上确实存在，不是小说家虚构之言。例如赤兔马，在《三国志·吕布传》里就有记载。

再说的卢马，史上闻名的有两匹。第一匹肯定是刘备的坐骑。在《三国志·先主传》里，引用了《魏晋世语》里的一则典故，也就是跃马檀溪的故事。而关于另一匹的卢马的故事，则发生在刘备之后一百多年的东晋。名相庾亮有一匹好马，名的卢，但有看相的人说，这匹马不利于主人，友人劝庾亮把马给卖了。庾亮说："卖了去祸害别人，这样不好。"这个故事后来被移植到了刘备身上。

史上虽然有的卢马，但关于它的记载是零碎的，光芒转瞬即逝。然而，这个材料到了文学家手里，就成了一道美丽的风景。在史书里，刘备的的卢马只是在檀溪亮出身姿，而小说家则以此为线索，虚构了的卢马的今生前世，俨然成了小说中的一个人物。

在《三国演义》里，的卢马有了来历。话说刘表的部将张武、陈孙谋反，刘备前去镇压，在阵前，刘备看中了张武的坐骑，说："此必千里马也。"于是赵云马上刺倒张武和陈孙，将的卢马夺了过来。的卢马一过来，就有了故事。

刘备夺了的卢马，不敢专美，马上转送给刘表，结果刘表的谋士蒯越说此马不吉祥。刘表害怕了，马上送还给刘备。刘备骑着的卢马，遇见名士伊籍，伊籍也劝刘备不要骑此马，因为此马妨主，刘备却说："死生有命，岂马所能妨哉？"拒绝再将马转让给别人。

的卢马的作用不只是当战马，更成为测验人品、塑造人物的神马。这个情节被明朝著名的三国点评家毛宗岗概括为："至于张武丧马，赵云夺马，刘备送马，刘表还马，蒯越相马，伊籍谏马，种种波澜，无不层折入妙。"史上的一点碎片，牵出一系列人物，手法高超，因此毛宗岗感叹："此文中佳境。"

到马跃檀溪这一节，精彩还没有完，的卢马又驮着刘备到了水镜先生的庄园。在这里，他第一次听到了关于诸葛亮和庞统的神奇传说，从而又引出卧龙凤雏这些人物，而这些线索的出现，的卢马也立有大功。

接下来，长坂坡和赤壁之战，的卢马似乎消失在读者的视野中，然而作者并没有忘记它。果然，的卢马又出现了。赤壁之战三年后，刘备入蜀，一片好意将的卢马给庞统，让他率军攻城，结果在落凤坡这个地方，庞统被乱箭射死。在终结庞统的同时，也终结了的卢马。而且通过这个结局，也照应了前面那句话：此马妨主。虽然这句话很迷信，但从文学角度而言，这就叫前后照应。开头说的卢马妨主，读者心里总是悬着一块石头，故事发展到这里，读者心里悬着的那块石头终于落地了。

由此可见，的卢马真不是一匹简单的马。

信纸精致的年代，有泥金冰纹的梅花笺。二三梅枝，纸上疏疏弄清影，梅花笺落墨，便晕而生烟，逸散清雅之气，如风送落梅香，一阵香压一阵香。

梅花笺落笔，适宜写些什么？在我看来，不必写上大吉大利，空泛苍白的语句，或者其他励志语言。纸笺上画梅花，白梅、红梅、粉梅、紫梅……花团簇簇，重重叠叠。梅花画在信笺上，把整张纸都染香透了，然后再坐下来，屏声静气，提笔写画点儿什么。

点一条鱼，用淡墨勾，鱼便游在梅花疏影中，嘴巴翕合，便是微凉春水中叼一瓣落红梅花。鱼乐，人也乐；描一溜远山，人若站在梅树丛中。看山有梅树做衬托，远山不远，就在北窗外，远山爬在梅树之上；画美人，美人住在梅花中。南北朝时，寿阳公主天生美貌，有一天她在宫里玩累了，躺卧于宫殿檐下，其时恰逢梅枝盛开，一阵风吹过，几瓣梅花落在公主额头。梅花渍染，留下斑斑花痕，寿阳公主得一奇妆，就像诗人偶得佳句，从此将"梅花妆"贴在前额，被衬得更加妩媚；着一叶杨柳船，船、柳雅致。垂柳是柔软的，水是柔软的，船亦是柔软的。柔软的纸笺上，一叶扁舟，老柳细枝，丝线如帘，有一人斜倚船上，他要去哪儿？

梅花笺应记梅花事。南宋诗人杨万里在他的《普明寺见梅》中写道："城中忙失探梅期，初见僧窗一两枝。犹喜相看那恨晚，故应更好半开时。今冬不雪何关事，作伴孤芳却欠伊。月落山空正幽独，慰存无酒且新诗。"诗人觉得梅花"半开时"最好，空山寂静，一人正好观赏。

梅花笺上画白菜，民以食为天。这棵肥硕的大白菜帮助人度过寒冬，在北方贮存于地窖，在南方置于墙角。人们喜欢它不高不贵，易于搭配，内敛亲切，叶片具有平民的光泽，温贫老暖，适宜入画。梅花笺上作茶肆，茶水泼了一桌子。茶肆的一角有两个人在喝茶，白瓷杯子里冒着热气，咧开大嘴吃翡翠烧卖、笋肉包子。梅花笺上添鸡雏，纸上闻清声。小鸡雏，一团黄澄澄的小绒球，茅草枯藤下，四

梅花笺

文/王太生

处滚动，"啾啾"争食，乡下庭院破岑寂。梅花笺上濡豌豆，蝴蝶飞过豌豆花。野豌豆，在古代有一个很好听的名字：薇。《诗经》里，"采薇采薇，薇亦作止。曰归曰归，岁亦莫止"，说的是野豌豆。梅花笺上画山野樵夫，一山一村一樵夫，人立风中。虽然一人如豆，做的事也渺小琐碎，但人的内力和张力，如一扇门，是向外开启的，一声吆喝能将一张画纸撑满。

信纸柔软的年代，言简意赅。纸笺写着从前雅事，过去的老情分，老交情。

请在高三拿出你全部的毅力去逆袭

文/木 心

"祝贺苏某某同学被清华大学录取。"这是我整个高三暑假看到的最多的红色横幅，学校里、酒店大门处，就连我家旁边的小饭店都挂上了。小县城很多年没出过清华的学生了，这自然而然地成了夏天所有人茶余饭后的谈资。

"我们安徽省51万考生，她考了第22名！"我走在大街小巷，随处都能听见人们对于这位天之骄子的赞叹，语气里带着不可思议和崇拜。我心里像堵了一团清澈的白云，有些微胀，有些复杂。她是我同班同学。

她成绩一直不错，但也只是不错而已，并没有特别出色，她完全不是人们口中说的理科天才，我觉得她甚至有些笨。当她拿着物理力学42分的试卷认真分析，抄每一道题时，我正兴致勃勃地看课桌底下的娱乐杂志，我脑子里只关心帅气男明星的八卦，随手把刚刚及格的物理试卷夹到课本里。抬头的瞬间，我看见她泫然欲泣的表情。真是笨啊！我心里一阵鄙视。

所以，当她后来的物理成绩在整个年级高居榜首，无人匹敌的时候，我的表情比哭还要难看，可能只是运气好而已吧，我赶紧愚蠢地安慰自己。

我认为她笨，这一直是我脆弱的心理优势。同样的知识点，我理解起来比她快很多。但是她好像很困难，她总是小心翼翼地凑过来问我这是为什么。她满脸绯红，似乎很不好意思，我不耐烦地随口搪塞几句就接着看《火影忍者》去了……

进入高三，她的成绩开始以指数函数的形式爆炸性上升，速度之快让我们咋舌。原来不过全校前100名，后来的几次月考竟都保持在前三，我已经难以望其项背了。

后来几次模考我一直退步，学习如逆水行舟，分外艰难。尤其在高三，大家都很拼命。我变得很沮丧，开始逃课。

在物理课本里翻到她写来的信是在离高考还有一个月的时候，天蓝得让人想要流泪，风却很和煦。她在信里说到自己成绩进步的原因：暑假做了100多套理综卷子，《5年高考3年模拟》的数学翻来覆去做了两遍，所有的题型都烂熟于心。

当月考结束，别人说她是理科天才的时候，只有她自己知道在那个夏天流了多少汗，哭了多少次，把一次次做错题的失望咬在牙间。

她说："我会哭，会流很多汗，但是我一定会赢！"我看着这句话，想起她第一次站在讲台上做自我介绍时说的话：年岁有加，并非垂老。理想丢弃，方坠暮年。岁月悠悠，衰微只及肌肤。热忱抛却，颓废必致灵魂。原来从那时起，她就注定不渺小。

后来我回到学校，不再逃课，学得很认真，高考终于达到了一本线。

她则如愿以偿地去了清华大学，学的是土木工程。填志愿那天我远远看见她和几个同学聊天，脸上的笑容特别灿烂。我第一次觉得她长得挺好看的，大概是因为她这只困在茧里的蝴蝶终于飞起来了吧。

我们相互点头致意，我总觉得那天的天空很蓝，梧桐树叶在她的头顶枝繁叶茂。

四步让你实现更高层次的学习

文/高太爷

号称终极学习法的费曼技巧，来自理查德·菲利普斯·费曼。他是纳米技术之父，1965年获得诺贝尔物理学奖。从没有人怀疑过他超强、早熟的学习能力。

费曼学习法的具体步骤，很简单，就四步。

第一步：确定学习目标

在预习过程中，看到一个重要的、从没见过的概念，就拿出一张白纸记下它。

第二步：模拟教学学习法

重要的概念画出来了，就要着手去学习。这时，你要想象自己是一名老师，面前坐着一个小白，正望眼欲穿地要听你讲解。你翻阅书籍，参考资料，像老师备课那样，在这张白纸上写下这个概念的解释要点，然后用你自己的话阐释给那个小白听。

第三步：回顾

把解释不顺畅的部分，统统记录下来，重复第二步。

举个例子，你现在要学习的概念是"干细胞"，把这三个字写下来，在下面给出干细胞的阐释：原始且未特化的细胞，它是未充分分化、具有再生各种组织器官的潜在功能的一类细胞。

第四步：简化

这里可以用一个小技巧——类比。对于完全不懂生物学概念的小白来说，"干细胞"的概念可能过于抽象，不如类比生活的例子：一块面团，湿润时它可以捏成各种形状，捏面团的过程是分化、特化的过程，捏成的成品，就是各种组织细胞，而最初的面团，就是干细胞。这种类比可以让你的理解更为牢固。因为形象思维在学生技能学习上有促进作用。

传统学习方式，如听讲、阅读，学习吸收率低于30%；而如果采取小组讨论，转教别人，学习吸收率可以达到50%以上。学习吸收率最高的，就是费曼技巧强调的"模拟教学学习法"，吸收率可达到90%。这正是费曼技巧的精髓：以教促学，在学习过程中，结合理论（理论学习）和实践（将学到的知识传授给他人），以达成更高层次的学习。

所有的知识，都不会白学

文/罗振宇

一位美国的人类学女教授，有一次上课，给同学看她的指甲，说好看吧？大家说好看。然后女教授就拿出一把指甲刀，当着同学的面把指甲剪下来，给同学们看。大家就觉得这事挺恶心的。

教授说："指甲长在我手上，你们觉得好看，剪下来你们就觉得恶心。这说明了什么道理？"

说明我们对一个东西的评价，并不完全是由东西本身决定的，而和它的背景条件有关。我们研究人类学，就要学会理解同样的东西在不同的文化中意味着什么。

你看，经常有人说，我大学学的课程后来工作都用不上，所以白学了。其实不然。所有的学科，都有它的底层逻辑。连人类学这种冷门学科，都会赋予你看待世界的不同方式。

天下没有白学的知识，只有我们没学会的底层逻辑。

12条建议,助你成为人际交往的高手

文/脱不花

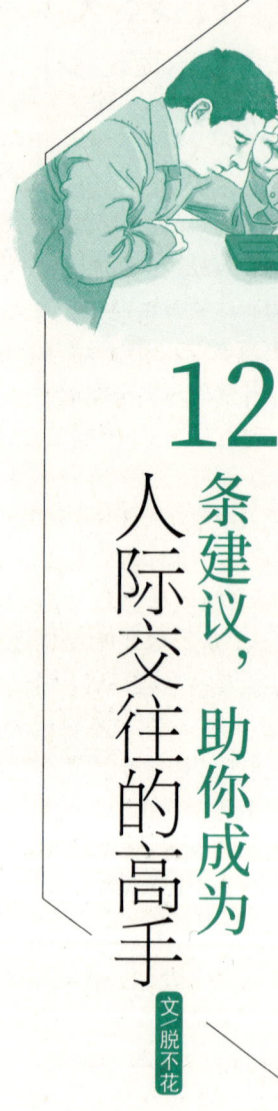

1. 与陌生人第一次接触,多听少说,让对方尽量多表达。等掌握足够信息的时候,再进行回应和互动。

2. 一个场合中有熟人有新人,尽量坐到新人旁边,特别是熟人多的时候,在细节上主动照顾新人。最易取信于人的方式,是将熟人间的"切口"和关系介绍给新人。

3. 陌生人社交需要有破冰时刻。每个人的脾气秉性都不一样,多准备几个属于自己的破冰方法。谈天气、谈路况都不能真正"破冰"。我自己试验下来,最有效的方式,是以外行身份请教对方一个他的专业或者行业内的问题。

4. 健康的社交关系,只能建立在实力和见识的基础之上。

5. 社交高手和社交低能者之间的区别,在于能否精准把握界限感。无论何种交情,人与人之间都应该有一定的界限。没有界限感的人,必定是令人避之不及的。

6. 保持点头、注视、微笑,已经足以应对一个通常的、非紧密关系的社交场合。如果再加上善于发问,简直就是社交明星。

7. 精于自嘲,这种人特别容易和别人拉近距离。但要注意不是自我贬低,也不能自曝隐私,这只会令人尴尬。

8. 社交高手并不一定需要高超的谈话技巧。有些高手沉默不语,但在细节上善于照顾别人,比如主动迎送、默默添水布菜、上下楼梯懂得保护他人,最后发现人际关系甚至情场赢家,通常都是他们。

9. 在社交关系中要做一个有特色的人。这样才能让其他朋友不断把你卷入更大的朋友圈。

10. 严格但不苛刻地对社交关系进行筛选,哪些一面之交值得深入结交,哪些损友应该尽量回避,要温柔而坚定地保护自己的社交网络。

11. 对任何充满负能量的人、任何相信怪力乱神的人,无论地位高低,一律默默远离。

12. 最重要的一点:真诚。没有什么道路通往真诚,真诚本身就是道路。

"对手"为何跟"手"有关

文/佚名

"对手"最初是指下围棋,下围棋又称"手谈",用手交谈,故称"对手"。

此语出自《旧唐书·宣宗本纪》:"日本国王子入朝贡方物。王子善棋,帝令侍诏顾师言与之对手。"顾师言是晚唐围棋第一国手,令日本王子最终不得不推枰认负。日本王子向接待的官员询问:"顾师言在贵国棋手中排名第几?"接待官员存心哄他,便回答说:"第三。"日本王子迫不及待地想见第一国手,官员答道:"王子胜了第三,才能见到第二;胜了第二,才能见第一。"日本王子长叹一声,说道:"小国的第一国手,不如大国的第三国手,此刻我才相信了!"

这个时代，不需要你记住一切

文/张佳玮

宋朝有位学者叫洪迈，入翰林院写诏书。散步时，见花荫中一位老人，八十来岁，一直在翰林院当值，跟过往的天才们谈笑风生，哪个学者也没见过。洪迈吹嘘："今天写了二十来封诏书，都弄完啦！"老人夸了句："学士才思敏捷真不多见！"洪迈于是矜持了，问："苏学士大概也不过这么快吧？"苏学士者，苏东坡也。老人点点头说："苏学士也就是这么快了——不过他从来不用查书。"洪迈后来跟人说此事，说他当时真羞得恨不能钻地缝里！然而苏轼的快并不靠过目不忘。朱载上在黄州见苏轼时，苏轼自称已抄过三遍《汉书》了——世上最可怕的，莫过于有人比你聪颖，又比你勤奋。

关于记忆力的神话，古已有之。所谓王粲走马观碑、王安石过目不忘之类传奇不少。莫扎特那种绝对音准天才，据说听过一首曲子，回去就能弹出来。一念及此，多少让人心灰意冷，觉得世界真不公平。但其实，也是公平的。

胡适先生是唐德刚先生的师父。胡适晚年写《柳如是传》，唐德刚帮衬着。到了20世纪90年代，唐德刚喟然感叹："有数据库了，有互联网了。师父二十年的工夫，如今一个下午就做完了。"

胡适先生、钱锺书先生、王国维先生那代国学大师，固然个个胸中包罗万象，但他们没赶上互联网时代啊。那位说了："若他们赶上了呢？"嗯，恐怕他们也乐意用互联网的。因为，古书与现代信息，实在不是一个体量。

在古代，书确实少。蔡文姬的爸爸蔡邕为当时大文士，家里藏书不过八百。蔡文姬说她能背出家中遗失的藏书四百篇，曹操大喜过望，派人跟着抄。举个形象点儿的数字吧：《史记》130卷，52万字；《资治通鉴》294卷，300万字。而金庸全集将近900万字。所以，设若钱锺书先生与胡适先生生于今世，就算他们过目不忘，也没法跟现代文明较劲。

古代人依靠语言、文字与图像，在岩洞里、图画上、书卷或口头传诵之中，记录信息，成其为资讯，然后成为知识。为了保持知识的准确性，传统艺人会连打带骂，逼徒弟记住；而在现代，单纯记住已经没什么意义了。使用过搜索引擎的都知道，重要的是索引，然后善用搜索引擎，你自然能知道世上一切的事。

这是本时代最适合的方式：观其大略，建立知识结构，记住关键词并利用做搜索索引，然后持续整理搜索所得的信息来促成知识。这就够了。博尔赫斯描写过一位学者。他坐拥一个图书馆，所以并不乐意去记住哪个知识："我只要记住那件事在哪个书架的大概哪个位置，就可以了。"对我们而言，记住更多的索引，搭建起知识的框架，知道哪块木头大概在楼阁的哪里就好了——至于木头具体的花纹，有搜索引擎在呢。

别试图记住一切，实际上，记住一切的方式早已过时——胡适先生天纵奇才，二十年工夫，都不及互联网一个下午。何况我们呢？

如何写出好文章

文/林清玄

用情感去写作

30年前,我在写文章时并没想到这么多朋友会看我的文章。一个作家创作的过程是非常孤单寂寞的,可能你在30年后才能得到掌声。好作品不是文字本身,而是从感情开始,感情从哪里来?从感受、感觉、感动中来。当我们有真感情的时候才会有好文章。

有独到的观点

作家要在平凡无奇的事情里,找出不同的东西和大家分享。如果大家观点都一样,那么派一个代表来写文章就足够了。我记得女儿写日记的时候,老师定了个规矩:用一个成语,就打一个钩,堆集到十个就有奖励。到了四年级,老师重新定规矩写一个成语要打叉,堆集到十个要受罚。成语是简单扼要表达观点的方式,我在书里很少用成语,虽然很方便,但它们不是自己的观点。

如能三百莫写三千

早年写东西时,还没电脑。我在稿纸上写文章,写一两行,发现写坏了立刻就扔了。有次我醒来,发现我丢了的纸悉数被我妈妈用熨斗烫平,放在桌子上。我问妈妈为什么,妈妈说:"你抬起头来看看窗外的树,当你写坏一张纸时,一根树枝就白白牺牲了。所以你写文章前想清楚,三百字能够写完的,你不要写成三千字。假定你写成三千字,许多树就牺牲了。你文章的价值有没有超过窗外的树,如果没有,那树就白白牺牲了。"但很多作家三百字可以写成三千字,写得大家都看不懂,有时候作家自己也看不懂。

不去做一颗咸龙眼

我们家有个粪坑,边上长着一棵龙眼树,树干粗大,枝叶茂盛,结的龙眼也很大。奇怪的是,龙眼剥开来后味道是咸的。树是这样的,人也是如此,长在什么地方,就会受到什么影响。所以在很小的时候我们要养成习惯,去阅读好的书,这样长出的果实也会甜美,如果阅读的是不好的书,或者让人痛苦、堕落的书,那最后可能就会变成一颗咸龙眼。

要不断不断地写

要写出好的文章,不断地写是很重要的。为什么要不断地写呢?因为要让你的手,跟眼睛、跟心连成一线,你想到什么就可以很准确地表达出来,这不是突然发生的,而是你写了一千万字、两千万字才发生的,这样常年的积累,才能把你心中的想法很准确地变成文字表达出来。

送年轻时的自己哪些书

文/贝小戎

前几天，有人问送给14岁女孩什么书合适。我马上想到的是《爱丽丝漫游奇境记》，但或许人家读初中的时候就已经看过了。14岁读很火的写女性友谊的小说《那不勒斯四部曲》，不知是不是又有点儿早了。好像没有谁是老老实实、按部就班地在什么年龄就读什么阶段适合看的书的，有时候该看的没看，却看了好像是长大后才该看的书。比如小时候你该看《长袜子皮皮》《骑鹅旅行记》，却机缘巧合地读了《1984》《人，诗意地栖居》。

英国《卫报》不久前做了一个专题，问一些著名作家会送给年轻时的自己什么书。也就是说，作为懂书的人，他们回过头来看，哪些书更适合青少年读。著名作家约翰·班维尔说，他年少时一直沉迷于后浪漫主义作家，如迪伦·托马斯和劳伦斯·德雷尔的放肆，后来才在美国著名文学批评家特里林的论文中得知法国哲学家狄德罗的哲理小说《拉摩的侄儿》，"它是欧洲文学中最振奋人心、最具颠覆性的文本之一。这本小书跟海因里希·冯·克莱斯特的《论木偶戏》和霍夫曼·斯塔尔的《钱多斯勋爵书信》一起彻底改变了我对写什么、如何写的观念。《拉摩的侄儿》的语言是反讽的、辱骂的、充满歇斯底里的自我厌恶，又睿智地认识到世人喜欢那些逢迎者、骗子而不是真正的艺术家。狄德罗是一个杰出的、有趣的、睿智的人。如果我能回到过去，把一本《拉摩的侄儿》按到12岁的我手上，我会避免许多蠢行。但是我能读懂吗？萧伯纳说得对：青春虚掷，总在青年。我在大学阅览室里看到过这本书，后面的借书卡上显示，我的大学班主任、一位博士是在读研究生的时候才看了这本书"。

著名作家朱利安·巴恩斯则说，他年轻时错过了一些书，但他并不感到后悔，反而挺享受直到40余岁才发现《哈克贝利·费恩历险记》《麦田里的守望者》《失落的庄园》这件事（到现在我也没看过《小王子》）。他说："文学方面我后悔的事与此相反：我希望自己没有在11岁拿到一本著名作家康拉德的《秘密的分享者》，导致我抵制了他几十年；我希望我没有在能够像福斯特那样采取恰当的措施之前读他的作品。我会送给年轻时的自己的，都是非虚构作品，关于战争、帝国和种族的本质的书，关于政治和经济的本质，阶级、金钱和权力如何相互关联的书；还有关于自然的本质的书，我会指导年轻时的自己去了解土、风和水，树、动物、植物和鸟类，还有蜜蜂……"

我希望自己年轻时就读到斯蒂芬·金，读到《肖申克的救赎》，读到他的回忆录《写作这回事》，更早地体会到坚韧与专业的重要性，更早地读到《第二十二条军规》《魔鬼辞典》，学会在困境中苦中作乐。

一年之计在于春，品味古人深入骨髓的勤勉

文/《意林》图书部 特约教师：景毛毛、冯艳、何翠、李善伦

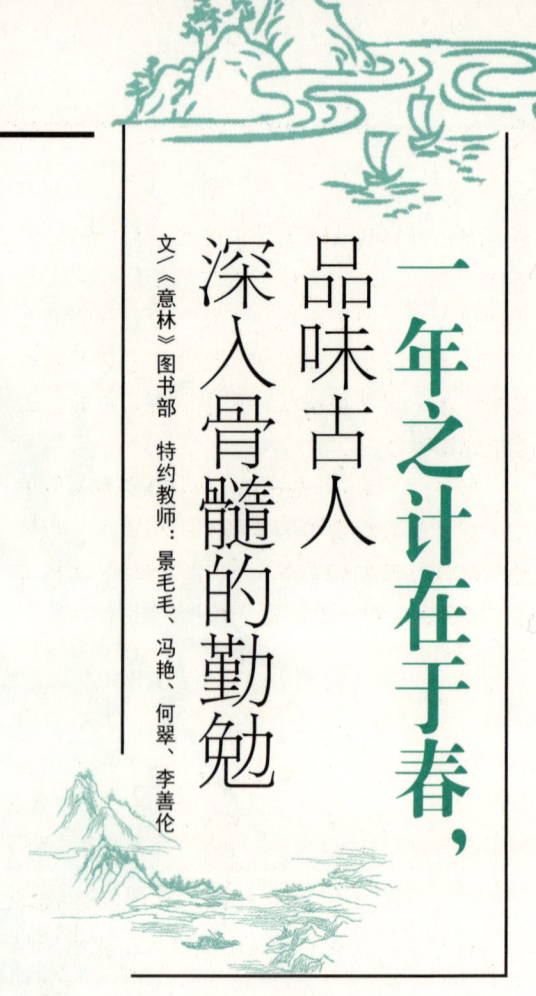

随着时间的推移，春回大地，让人感觉最为舒适、温暖的季节来了。俗话说"一年之计在于春，一日之计在于晨"，春天来了，我们也结束了寒假生活，开始了新学期、新征程。喜欢传统文化的同学们都知道，古代有很多文人都是勤学苦思的典范，所以小编特意邀请了四位老师，为大家解读古代文人深入骨髓的勤勉，希望能对你有些启发哦。

柏学士茅屋
〔唐〕杜甫

碧山学士焚银鱼，白马却走深岩居。
古人已用三冬足，年少今开万卷余。
晴云满户团倾盖，秋水浮阶溜决渠。
富贵必从勤苦得，男儿须读五车书。

景老师：此诗是一首七言律诗，写于作者晚年，表达了男儿立世应当多读书的思想。首联颔联叙事，颈联写屋前秋景，尾联勉其子侄。

"碧山学士焚银鱼，白马却走深岩居"用了张褒学士焚掉佩戴的银鱼而去，张湛隐身于山岩之间两个典故，来写柏学士在"安史之乱"中，逃到这里的山中居住。逃回山中干什么呢？读书！"古人已用三冬足，年少今开万卷余"便是回答这一句的。从这里足以看出他勤学、善学。"晴云""秋水"两句描写了柏学士茅屋的外部环境，但也是衬托柏学士读书的情形。尾联认为其他人应效柏学士勤奋读书，不为外物所移的精神。

这首诗文辞朴实，浅显易懂，以富从勤来生动比喻，说明学习必须勤苦的道理，对年轻人是激励，对老年人也是启发，就是说即使年长也需要像年轻人初学时一样，勤学苦读，所谓学无止境就是这个道理。

喵咪：**古诗中比喻的运用又叫作"打比方"**，这样运用的好处是能够更生动地表达作者的意旨，增强可读性等。

金缕衣
〔唐〕无名氏

劝君莫惜金缕衣，劝君惜取少年时。
花开堪折直须折，莫待无花空折枝。

冯老师：《金缕衣》一诗主旨一言以蔽之，"莫负好时光"。本诗有一种不可思议的魅力，广为流传。其中原因主要有二：

思想性方面："劝君莫惜金缕衣，劝君惜取少年时。"劝人不要贪爱"金缕衣"类贵重的服饰，"金缕衣"是华丽贵重之物，却劝君莫惜，还有远比它更为珍贵的东西，就是劝君须惜的"少年时"。所以诗人说"花开堪折直须折，莫待无花空折枝"，警示少年不要因自己辜负了美好时光，而给青春留下遗憾和悔恨。

艺术性方面：《金缕衣》采用的是**民歌叠句回环婉转的手法**，它每个诗句似乎都在重复相同的主旨"莫负好时光"。而每句又都寓有微妙变化，重复而不单调，回环而有缓急，形成优美

的旋律，反复咏叹强调爱惜时光，莫要错过青春年华。一、二句都以"劝君"开始，两次出现"惜"字；但是两句中"莫"与"取"的意义正相反，又形成重复中的变化。**本诗不着一"悔"字，而"空折枝"三字却耐人寻味，极富艺术感染力。**

喵咪："回环"是古诗中一种常见的修辞手法，形式上表现为词语相同而语序相反，反映事物之间相互依存的关系，语言形式是按照上文逆序排列：甲—乙，乙—甲。

劝学
〔唐〕颜真卿

三更灯火五更鸡，
正是男儿读书时。
黑发不知勤学早，
白首方悔读书迟。

何老师：《劝学》是唐朝诗人颜真卿所写的一首七言古诗。前两句通过对学习环境的描写来表达年少读书时应该勤奋，后两句通过头发颜色变化来表达年长时读书已晚。劝勉青少年要珍惜少壮年华，勤奋学习，有所作为，否则，到老一事无成，后悔已晚。**从结构上看，三、四句为对偶句，"黑发"与"白首"前后呼应，互相映衬，给读者留下深刻印象。**

这首诗深入浅出，自然流畅，富含哲理。核心是"黑发早勤学，白首读书迟"。作为有志气的人，要注意抓紧时间读书学习修身养性，最好的读书时间是在三更五更，晨读不息；而且只有年年月月刻苦坚持，才能真正学到报国兴家立业的本领。劝勉年轻人不要虚度光阴，要及早努力学习，免得将来后悔。诗人是从学习的意义、作用和学习应持的态度方法等角度立意，希望人们重视后天学习，以加强自身的行为修养。

喵咪：对偶也叫对仗，是将字数相等、结构相同或相似的两个词组或句子成对地排列起来的修辞手法。

长歌行
汉乐府

青青园中葵，朝露待日晞。
阳春布德泽，万物生光辉。
常恐秋节至，焜黄华叶衰。
百川东到海，何时复西归？
少壮不努力，老大徒伤悲。

李老师：**本诗借物言理**，以园中青青的葵菜作比喻。其实在整个春天的阳光雨露之下，万物都在争相努力地生长。因为它们都怕秋天很快地到来，深知秋风的厉害。大自然的生命节奏如此，人生又何尝不是这样？一个人少年时如果不趁着大好时光努力学习奋斗，让青春白白地浪费，等到年老之时后悔也来不及了。这首诗由眼前青春美景想到人生易逝，鼓励青年人要珍惜时光，努力向上，牢记"一寸光阴一寸金，寸金难买寸光阴"的警训，催人奋进。

这是一首咏叹人生的歌。唱人生而从园中葵起调，**这在写法上被称作"托物起兴"**，这四句，字面上是对春天的礼赞，实际上是借物比人，是对人生最宝贵的东西——青春的赞歌。自然界的万物有一个春华秋实的过程，人生也有一个少年努力、老有所成的过程；自然界的万物只要有阳光雨露，秋天自能结实，人却不同，没有自身努力是不能成功的；万物经秋变衰，但实现了生命的价值，因而不足伤悲；人则不然，因"少壮不努力"而老无所成，岂不等于空走世间一遭？所以我们在少壮时要及时努力，不要虚度光阴。

喵咪：诗人从青葵起兴，联想到四季变化，又以江河作比，得出应当抓紧时间奋发图强的结论，是比兴手法的运用。

写作忌讳常用"了"字

文/和菜头

在中文写作中，要尽量避免过多使用"了"字。

"了"字在语感上有一种强烈的降速作用。它的主要用途是表示状态，或者动作终了，出现在句子中间时，会严重拖慢句子节奏。

例如，他关上门，拉上窗帘，转身来到床边/他关上了门，拉上了窗帘，转身来到了床边。你觉得这两个句子里动作的速度是一样的吗？前一个是动词加名词，所以显得动作轻巧快捷，而后面一个句子加上了"了"，强调每个动作的完成，显得动作从容而舒缓。所以，前一句感觉是要掀起床垫，进入密室；而后一句感觉是马上要入睡。

苏东坡有一首《百步洪》，其中有四句诗被后世称颂不已，认为是经典的博喻，把"快"字全然写尽："有如兔走鹰隼落，骏马下注千丈坡。断弦离柱箭脱手，飞电过隙珠翻荷。"

兔子奔跑、鹰隼落下，骏马冲下千丈坡，琴弦断裂从琴柱上离开，箭矢射出，闪电在缝隙里一闪而过，荷叶翻起露珠从其上滑落，这都是形容快。结构上，都用了名词直接加动词，所以显得节奏非常短，速度非常快，读起来赏心悦目。如果加个"了"，就完全没有这种效果：就像兔子跑了，鹰隼落下了，骏马冲下了千丈坡。断弦离开了琴柱啊，箭矢飞离了手，啊！闪电划过了缝隙，露珠掉下了荷叶。

最后，"了"这样的字俗人最爱用，但其实它只适合大师用。比如杜拉斯的《情人》开篇：我已经老了。有一天，在一处公共场所的大厅里，有一个男人向我走来。他主动介绍自己，他对我说："我认识你，永远记得你。那时候，你还很年轻，人人都说你美，现在，我是特地来告诉你，对我来说，我觉得现在你比年轻的时候更美，那时你是年轻女人，与你那时的面貌相比，我更爱你现在备受摧残的面容。"

全文的基调在第一句话就已经定下来：我已经老了。在这里，"老了"的这个状态贯穿整部小说，所以，少女时代的那些经历，站在湄公河边等待渡船的时光，在那些闷热房间里发生过的往事，才拥有了一种特别的味道。

这么大的区别，只是因为"了"字的位置关系，中文多么奇妙啊！

既然你是好意 就请好好说话

文/闫晗

在朋友圈看到这样一条信息：如何让你的表达变得更温柔更尊重人？

只要稍稍改变一下用词，比如把"谢谢"改成"谢谢你"，把"随便"改成"听你的"，把"我不会"改成"我可以学"，把"听明白了吗"改成"我说明白了吗"，把"关我屁事"变成"你开心就好"，把"关你屁事"变成"你猜呢"。

当然，要注意配合相应的语气和表情。

己所不欲，勿施于人，那些你在聊天中最不喜欢听到的硬词，处处显得"我比你高明""我不在意你的感受"的句子，脱口而出前最好先过滤一下，不要恣意扔给别人，制造创伤。

沟通方式上简单的小改变，会显得温柔有礼貌。

日常生活中，经常发现人和人的素质显得不同，差别在哪里呢？其实一个人是否有学识，别人并不能直接看出来，最直观的就是说话方式。

可很多人不会说话，豆腐心，偏偏有张"刀子嘴"，恶意总能表达得精准，善意的话说出口却变了味——明明是关心，对方感受到的却是抱怨和厌烦。

3

记得有一阵经常加班，晚上回到家，已经错过饭点，家里人都面色凝重，用不耐烦的腔调甩出一句：怎么才回来？

这让我感觉很有压力，明明辛苦了一天筋疲力尽，回到家还要小心翼翼，承受家里人情绪的暴力。

当我忍不住说出这种感受时，我妈妈很吃惊："我们怎么会对你不满呢？抱怨几句，是因为觉得你太辛苦呀！"

我问："那为什么不直接说一句'你真辛苦呀''这么晚到家还没吃饭，累坏了吧'……"

好意为什么要用抱怨的方式表达呢？即使是最亲的人，也不太合适。缺乏能量的时候，我感受到的不是关心，而是被嫌弃。

妈妈把这件事记在了心里，后来加班到家晚了，来开门的妈妈温柔地说了一句："闺女回来了，真是辛苦啦。"

我顿时觉得很温暖，也没那么疲惫了，心情愉快起来。

4

另外，善于给别人及时的反馈，也很重要。可惜很多人都做不到这一点，拒绝时不干脆，肯定时不吭气，跟他们共事，就像一拳打在棉花上，只觉得闷。

及时反馈的人，是会在人群中脱颖而出的。

记得十年前，我刚开始写文章投稿的时候，幸运地遇到了一个会反馈的编辑。她擅长花式激励作者，对文字的感觉很好，被催稿也让人充满幸福感——"我的新年愿望是收到你的一篇新稿子""你必须更勤奋，因为我没有存货了"。

如果不是她热情洋溢的肯定，我或许根本坚持不下来。那一阵，我最得意的稿子总愿意第一个发给她看，期待高手的肯定。

后来她不再负责那个栏目，我心里还一阵失落。人总是希望收到世界的回声，这些年来，想到那位编辑，我都充满敬意。

表达说起来像是一件小事，说话技巧是外在的花拳绣腿，但其实也需要内功，就是对他人的同理心。

如果你期望被世界温柔相待，也请对世界上的其他人温柔一点儿吧。

如何"白手起家"，申请常春藤名校

文/江学勤

高一那年，一位升学辅导老师例行公事般为我们讲解了申请大学的流程。最后，她顺便提了一下，在加拿大的大学之外，还存在着一种所谓的美国"常春藤"大学，诸如哈佛和耶鲁。说者无心，听者有意。当时我几乎立刻就意识到，这正是我想要的。我要申请常春藤学校，并不是因为我对那些学校有充足的了解，我只是想要逃离固定的生活轨道，逃离我在加拿大的生活。

六岁时，我随父母由广东移民到加拿大，始终没有过上开心的生活。父亲做着底层的工作，在社会上受歧视，他的脾气暴躁，经常打骂我。家庭生活不如意，我在学校更是被排斥。本来我的内心就十分敏感，在学校的一切不如意，都让我长期处于抑郁和愤怒中。

于是，我自己去图书馆找资料，研究如何申请常春藤名校。我发现这些学校要求申请者具备如下条件：拥有非常强的学习能力及成绩；具备领袖气质，积极参加各类活动；在体育或其他方面有突出特长；表现出社会责任感，诸如做义工等；个性鲜明，具备创造力及远大理想。我对照自己的实际情况，立刻就发现自己不符合其中任何一条。我成绩平庸，在学校没什么朋友，不敢在课堂上发言，课余活动就是躲在家里看电视或是看科幻小说。

即便看起来如此希望渺茫，但我仍然决定奋力一搏，因为我实在无法忍受现在的生活。

首先，我要换一个环境。于是，我设法转学到了多伦多最优秀的公立高中。我用最难的课程排满了自己的课表。上下学途中，我会站在拥挤的地铁车厢里，读《纽约客》或是《大西洋月刊》，以提升英文阅读能力。在新学校里，我加入了足球队，因为这是唯一来者不拒的运动队；另外，我组织了一个"智力竞答"的社团，参加的人全是和我一样的书呆子；我还当上了校报总编辑，因为没有其他人想要那个职位。为了进入常春藤，我可以说是付出了十二分的努力。晚上七点到家后会因为疲惫立刻昏睡两小时，然后九点爬起来，读书、完成作业、复习，一直到凌晨四点，实在无法抵御疲惫时再去睡觉，第二天八点起床去上学，就这样周而复始。

即便如此努力，我仍然希望渺茫，当时我的同学中有许多人远比我更有竞争力。对他们而言，获得哈佛、耶鲁的录取似乎是水到渠成的，于我而言却很困难。但我就是要争取本不该是我的东西，竭尽全力改变现状。

记得有一天，耶鲁大学的招生官来到我们学校，和十几个希望申请耶鲁的学生进行座谈。他们都非常优秀，招生官却始终是一副很平静的表情。轮到我了，我实事求是地说了自己的经历，讲我如何从一个不好的学校转学过来，极力想改变自己糟糕的状况，其中遭遇了怎样的困难与挑战等，直到现在也没有达到其他在座同学的高度。这时，那位招生官第一次真正微笑了，认可地冲我点了点头。

后来，我十分幸运地被耶鲁大学录取，我极度兴奋。我承认，这里有运气的成分，但是或许其中有我真正打动招生官的地方，是我身上那种近乎于"白手起家"的努力，那种改变自己命运的强大渴望。

作者总是会不自觉地出卖自己

文/张佳玮

法国著名作家司汤达每次写作前,必须读一页《罗马法》,以便找到简洁的语感。所以《红与黑》字句明晰。或者也许是家传的缘故:他父亲是律师,他自己当过政府书记员,跟随拿破仑向意大利进军,目击过马伦哥战役。所以他写拿破仑战争的段落,被海明威誉为天下前二——另一段来自托尔斯泰的《战争与和平》。

职业对写作风格是有影响的。海明威自己在巴黎混日子时,还兼职记者。多年后,他认为,记者生涯有利于他塑造自己的冰山风格。《百年孤独》的作者马尔克斯也有同感:他老人家也当过记者,而且坚信自己最想做的就是记者,虽然他以魔幻现实主义风格著称。

所以,著名作家辛格认为,对一个作家来说,当记者比教书更健康。他说过,曾经有位评论家告诉他,"我从来不能写任何东西,因为我刚刚写下头一行,就已经在想写一篇关于它的文章。我已经在批评我自己的作品"。职业上最习惯的写作手法,总是会不经意地联系到作者自己。

除了笔调,当然还有笔下的人物与历程。福楼拜的父亲是医生,所以《包法利夫人》里,包法利先生也是医生。巴尔扎克进过法学院,给诉讼代理人和公证人当过实习生,非常熟悉民事诉讼流程,所以在《人间喜剧》里,他对种种金融投机和法律程序了如指掌。当然,他笔下最丰富多彩的就是各色贪婪的金融吸血鬼。

村上春树年近而立之年在自己开的爵士乐酒吧餐桌上,写自己的处女作《且听风吟》,小说的大多数故事就发生在爵士乐酒吧;几年后,在他的小说《国境以南太阳以西》里,主角开了个爵士乐酒吧。

李碧华的第一本小说《胭脂扣》,叙述人及其女友都在报社工作,女友更是采访港姐的勤快记者,所以才能顺藤摸瓜,一路寻找如花与十三少当年的冤孽感情——而当时,李碧华自己就是人物专访记者。

世上自然有从历史选材,天马行空的作者,比如博尔赫斯,比如大仲马。但大多数作者总是会情不自禁地写到一点儿自己。比如曹雪芹写大观园,我们都知道他在写自己。比如,金庸先生为什么酷爱写趁乱劫掠的无耻兵卒?用他自己在《月云》里所写的原话:"宜官上了中学。日本兵占领了这个江南小镇,家中长工和丫头们星散了,全家逃难逃过钱塘江去。妈妈在逃难时生病,没有医药而死了,宜官两个亲爱的弟弟也死了。宜官上了大学,抗战胜利,宜官给派到香港工作……"金庸的小说写得并不好。不过他总是觉得,不应当欺压弱小,使得人家没有反抗能力而忍受极大的痛苦,所以他写武侠小说。

《水浒传》文笔如此简洁精确,杀人场景如同罪案报告,所以我经常怀疑难道施耐庵做过师爷,在衙门里干过活吗?不然,何至于把朝堂之事写得粗粗疏疏,却对县官孔目、公文刺配、差拨解差、牢城节级如此娴熟呢?一个人写东西时,最流畅细密的部分,总是会自然而然地泄露自己最了解的事。

不断不舍也不离

文/孙 欣

1

可能是因为居住空间狭小，工业社会制造的消费品又太多，"断舍离"的理念如今非常流行。尽了用处的物件就该放弃，不能尽用处的物件更该放弃。人是物件的主人，应该通过主动掌控物件的支配权来掌控自己的生活，而不是让内心的烦躁和焦虑通过杂乱无章堆积如山的物品折射出来。

这样的说法听上去很有吸引力：整洁的家才能让人休息放松心情愉悦，乱哄哄的空间只会让人厌烦，想要逃离。

把自己的空间整理好，有纹有路，一切历史遗留的无用之物通通扔掉，人才能解放创造力，了解自己真正追求的方向。

2

读了山下英子那本《断舍离》的人，无论想把自己的生活改变到什么程度，都会情不自禁起身开始收拾东西：扔掉最显而易见的垃圾，码齐凌乱堆放的书本和文件，曾经流行到满街都是如今沦落为惨不忍睹的衣裳收拾出来装一大袋——但很多人的断舍离决心和行动力也就仅限于此。

把陈年旧物比如一壁橱发霉的旧棉被等一塌括子扔出去，不仅需要决断力，更需要展示决断力的机会。寻常一个人家，其实禁不住大删大减。随便扔几样东西，就让人欲断肠了。

3

没有读过《断舍离》的人，也会时常来这么一次整理和扫除，说明整理的愿望其实跟流行的生活哲学并没有关系。大概一个人自己创造出来的工作和生活环境，其整洁和有条理的程度，是由个人性格决定的，与内心的烦躁或焦虑关系不大。

苹果公司创始人乔布斯的信念比断舍离更狠，达不到他标准的他根本就不买。他的传记中提到，他装修新房时，为买个沙发考虑了8年！没有沙发以前，他就在地上坐着。

乔布斯搬进新房住了很久以后请比尔·盖茨一家去玩，盖茨很惊讶这家人居然真的住在这房子里，因为实在是太空空荡荡了。乔布斯家里这么空，创造性是十足了（虽然苹果产品那些经典设计多是乔纳森·埃维的手笔），但焦虑感也比一般人厉害许多。传记中多处提到他会情绪失控，大发脾气，胡乱指责，最后以痛哭流涕收场。

除了那些堆积旧物成癖的人以外，不断不舍也不离的人其实挺可爱，尤其是就在我们身边的亲近的人。我婆婆喜欢吃一种英国饼干，我去爱尔兰看她时就会带两筒给她。每次我都会发现之前的空筒还留着，摆在书架上成一小排。我看到时总觉得有点得意，因为自己挑选的礼物得到了足够的赞美。我婆婆是个典型的爱攒东西的老年人，每年的圣诞贺卡、生日卡都收起来，有一大箱；时间比较近的一些都展开来摆在书架上。如同中国老年人说的，是个念想。

"学霸"教你七招,马上"终止拖延"

文/佚名

"爱拖延"已成了许多现代人共同的毛病,究竟该如何提高自己的效率与生产力呢?视频达人、"学霸""理科太太"就拍视频分享了自己的七个妙招,马上终止"拖延症"。一早起来先完成简单的目标,接着循序渐进完成较困难的,如此就能使大脑进入状况。

1. 替自己每天设定三件最重要的目标,但不要超过三个,以免造成心理负担,反而会想要逃避。

2. 将很难的事情简单化,把一件大事拆成许多小事来完成,一天做一点儿,总有完成的时候。若是因为觉得太难而不去做,反而没有完成的一天。

3. 一天的开始先做简单的事情,如洗澡、泡咖啡等,当简单的事情被完成后,大脑就会觉得已经进入状况,接下来再开始实行最重要的三个目标。

4. 使用"番茄工作法",例如工作25分钟,就可以休息5分钟,六个循环后再一次大休息,不让自己工作时间过长。

5. 诚实记录完成一个目标所需的时间,不要一次给自己定下太高的强度,诚实记录也可以确保后续行程不会被延误。

6. 减少让自己分心的因素,提高专注力。例如可将手机打开飞行模式,拒绝任何干扰,或下载一些软件,暂时将自己爱逛的网页给锁住。

7. 如果真的使用了这些方法还是会拖延,就可以思考一下背后的原因,到底是什么导致自己一直想逃避,解决问题后再回头检视自己的目标。

语言与存在

文/寇士奇

有这样一个故事:一群人死后走在一条道路上,在道路的尽头有两扇门:右面那扇门通向"天堂和慈爱",左边那扇门通向一个大厅,那里正在进行一场关于"天堂和慈爱"的演讲。这群人没有丝毫犹豫,立刻冲进了左边那扇门。

这个故事的意蕴非常深远:由于语言在人类进化和社会运行中的重大作用,它深深地植入人的头脑。人不但运用它,依靠它,而且痴迷于它,沉醉于它;以至于人们渴望聆听"天堂和慈爱"的演讲介绍,胜于对"天堂和慈爱"的亲身体验。

存在本身,被喋喋不休的阐述、说明和论争取代了。这是人类许多荒谬行为产生的重要原因之一。语言的功能强大到什么地步?强大到人类要想打破对语言的偏执,还得依赖语言。因为,只有语言才能战胜语言。存在总是默默无语。

原来"三更""半夜"说的是两个人

文/刘绍义

如今的"三更半夜"一词,是夜已经很深了或者时间已经很晚了的意思。

但在宋代,"三更半夜"一词却是源于两个人,一个是"陈三更"陈象舆,一个是"董半夜"董俨。他俩都是宋太宗时期的大名人。

《宋史·赵昌言传》:"四人者(陈象舆、胡旦、董俨、梁灏)日夕会昌言第。京师为之语曰:'陈三更,董半夜。'"这里是说,宋太宗时期,陈象舆、胡旦、董俨、梁灏、赵昌言等人志趣相投,形影不离,常常相聚在赵昌言的家里谈至深夜,还不忍散去,当时人们就戏称陈象舆为"陈三更",董俨为"董半夜"。这就是"三更半夜"一词的来历。

历史上那些"不正经"的真事儿

文/张发财

● 郑和回来就给朝廷发了快报,说找到传说中的麒麟了。明成祖高兴坏了,看过之后让人画了下来留作纪念。500年过去了,再看那只麒麟,原来是一只长颈鹿。

● 你以为皇上都用文言文吗?故宫清点时发现一份奏折,内容是大臣进献了十幅米芾的字。乾隆很重视,朱笔御批:是假的,不要。

● 曾国藩写挽联有瘾,死的写完偷偷给活人写。汤鹏去曾先生那儿玩,就看到曾先生给他写的活人挽联,差点儿气吐血。

● "戊戌变法"使梁启超声名大噪,于是皇上接见,怎奈他的粤语光绪一句都听不懂,改口的普通话比粤语还难懂。两人就愣着互相瞅,像初次相亲的男女一样尴尬无言。

● 徐志摩这个名字是21岁出国前他爹给起的。因为他小时候有个叫志恢的和尚摩挲过他的头,他爹想了想,就叫"志摩"啦,真真无厘头。更无厘头的是他有个笔名叫"删我",嗯,可以给网站做编辑。

谁是《西游记》里最厉害的妖怪

文／大蜜小糖

大鹏金翅雕是《西游记》中数一数二的妖怪，绝非一般妖怪可比，他能擒拿孙悟空就是最好的证明。不过，他也确实够厉害。

首先，大鹏金翅雕出身不凡。

第七十七回中，孙悟空找如来去降伏大鹏金翅雕时，说道："如来，若这般比论，你还是妖精的外甥哩。"原来，大鹏金翅雕是如来的舅舅。单凭这一点，他在气焰和气势上就先胜了众妖怪一筹。

其次，大鹏金翅雕的威望很高。

唐僧师徒往狮驼山方向走的时候，遇到一个报信的老头，老头是太白金星变的，他这样描述大鹏金翅雕："那妖精一封书到灵山，五百阿罗都来迎接；一纸简上天宫，十一大曜个个相钦……"孙悟空上天到了南天门还要例行公事通报，不过人家对他还算客气。但他到了灵山，四大金刚则会挡住骂他："这泼猴甚是粗狂！全不为札！咄！还不靠开！"大鹏金翅雕呢？他一封信到了灵山，五百罗汉都要跑来迎接他，又一封信上了天宫，十一个太阳神级别的神仙都要好酒好肉地款待他。大鹏金翅雕做妖怪做到这份上，你说厉害不厉害？

此外，大鹏金翅雕不仅有法宝，还有智谋。

他的法宝是"随身有一件儿宝贝，唤作阴阳二气瓶"，假若把人装在瓶中，一时三刻，人就会化为浆水。就连法力高强的孙悟空也被困进了瓶子，多亏观音给的三根救命毫毛，孙悟空才分别变作金刚钻、竹片、绵绳，将此瓶钻了一个洞逃出来。

他的智谋则主要体现在眼力上。孙悟空变成小钻风进妖洞去打探消息，用毫毛变了一只苍蝇，想吓唬大鹏金翅雕以及他的两个妖怪哥哥，结果"却被那第三个老妖魔（大鹏金翅雕）跳上前，一把扯住道：'哥哥，险些儿被他瞒了！'"满窖洞里那么多妖怪，还有老大老二两个魔怪，竟然只有大鹏金翅雕留心了这个小钻风的言行，而且一眼识破，可见他的智谋。

而且，唐僧师徒一路上遇到妖怪无数，也被抓走过很多次，但真正被放到笼里动火开蒸的，只此一次。以至于孙悟空在云端里嗟叹道："我那八戒沙僧，还捱得两滚，我那师父，只消一滚就烂。若不用法救他，顷刻丧矣！"于是，孙悟空赶紧去找北海龙王来救人。北海龙王随即变作一阵冷风，吹入锅下，盘旋围护，才没有让火烧到唐僧等人。如果不是北海龙王用冷风护着，唐僧恐怕早被蒸熟吃了。

最后，从收服大鹏金翅雕的阵势也可以看出他的本事之大。

《西游记》中妖怪很多，收服的方法无非这几个：要么被师父收了，要么被主人收了，要么有克制的天敌，但是大鹏金翅雕全然不同。

孙悟空去搬救兵时，如来几乎带尽了灵山所有可调动的兵力前往，只留了观音守门护户，"只见那……五百阿罗汉、三千揭谛神，布散左右，把那三个妖王围住，水泄不通"——整个灵山的人都来了，只为收一个妖怪大鹏金翅雕。大鹏金翅雕的两个妖怪哥哥面对如此浩大的阵势，立马乖乖束手就擒，大鹏金翅雕却不服输，最后在如来的连哄带骗下，才被带回灵山。

由此可见，大鹏金翅雕虽然出身不凡，但关键是他自己也有几分本事，不然孙悟空怎么会拿他没有办法呢？

说起来真奇怪，虽然实体书店一个个倒闭，我却觉得中国人的读书和学习热情比什么时候都高。读书热的第一大群体是幼儿绘本的读者。绘本在幼儿教育里起的作用，从没像今天这样被人重视。国内的出版社几年之间把西方百年来的经典之作一网打尽，转手卖给嗷嗷待哺的猫爸虎妈。

读书学习第二狂热的群体在职场。人类的知识从未像今天这样，以如此高频率的速度更新迭代，所以大家极其恐慌。等车、等人、散步、健身……身体在活动的时候头脑也不清闲，所以"听书"现在很洋气！你不是说没时间看书吗？我是找人帮你看，用20分钟给你树好框架，画好重点再讲出来。

从未有过这么一代人，愿意用金钱买知识，特别是"笔记体、精华体知识"。只要花上20块钱，就能听大师的一门课，在学术界到此一游。要是花200块钱订阅一年专栏，就能投到北大清华教授的门下，弥补当年学渣的遗憾。

所以，一些粘上毛比猴儿还精的网站纷纷开启了音频内容。他们先抛出一些似是而非的理念，让你觉得不学习就要被时代淘汰，然后再顺势捧出药方。这些卖家就像卖耗子药的，首先在你家放进一只老鼠，然后挑着货郎担恰到好处地出现在你门前。结果现在的都市白领过的都是游学生活：早上起来先听人生管理课，午饭时间听艺术鉴赏课，睡前还要听一听心灵鸡汤……

在这种思潮下，许多莫名其妙的专家学者开始出现，30天就能读懂中国历史，60天了解世界文明。还有许多面目可疑的APP（应用程序），也不知道这些开发者是从哪里偷来的盗版书，上知天文，下知地理，中间还知道白宫的小心机。曾国藩看到都怕你，你饱览群书后能和出租车司机舌战三百回合不落下风。

这是一种压缩饼干式的读书，你省略掉了上下求索的过程，只需端正地坐好，张开嘴巴，自会有勺子送一坨碾轧成泥的知识进来，短平快地一路推到大肠，很少有人能欣赏到食物在唇齿之间被挤碎迸发的香气和口感。

我们为什么读书和学习？为了心灵的自由，为了不掉队的恐慌，还是为了自我的拓展？无论从哪方面来说，压缩饼干和暂时的饱胀感是无法满足长远需求的。许多人都有这样的经历，看到一篇文章，拇指一划，把它收入收藏夹，日后却再也不会去阅读。人不可能靠学别人给你捋过一遍的精华取得质的提升，正如压缩饼干永远抵不上美食。

压缩饼干读书法

文/杨 扬

想要有效改善记忆力？这几招能帮到你

文/罗辑思维

随着社会节奏的不断加快，面对海量信息，你是不是也常常觉得，自己的记忆力不太好，总是忘事呢？别担心，记忆是可以改善的。

一、如何才能有效改善记忆力？

1. 切换记忆场景。当我们记东西时，大脑并不是只记这个信息，而是会把周边各种信息打包存储。比如在教室学习时，教室的布置、室内的光线、当时的天气……所有这些都会被编码储存。一旦遇到相同的场景，这些记忆便会浮出脑海，带你还原当时学到的内容。

2. 自己给自己"考试"。考试的本质，是强迫我们的大脑从记忆中提取学过的知识或技能。在回忆的过程中，记忆的提取强度会得到锻炼，让人记得更牢。像背诵、做测试题、写阅读心得……都能起到类似的作用。实验证明，只需进行一次这样的"考试"，第二周你记住的知识就能从28%跃迁为39%。

3. 交替训练。也就是将不同的训练内容打散，交替进行。这会让大脑随时处于应对意外的状态，记忆的效果会更好。尤其要注意的是，最好把新学的知识或技能，与过去学过的混在一起，边学习边回忆。

4. 充分利用睡眠。人脑负责记忆的部位主要有三个：内嗅皮层、海马体和新皮层。简单地说，一个是过滤器，一个是分拣器，一个是储存器。三者相互配合，将接收的信息变成记忆。晚上当我们休息时，大脑会对白天接收到的信息进行分类、整理、存储，从而巩固我们的记忆。

二、记不住事，是因为忘性大吗？

1. 约好的会议，总是忘得一干二净；记性不好，经常拿着手机找手机……很多人会把这些问题归结为"忘性大"，但事实上，我们缺的不是记忆力，而是注意力。如果把大脑看作一台计算机，记忆力就是硬盘，决定了能存储信息的多少，空间很大；而注意力就是内存，是运行程序的地方，空间很小。

2. 如何能更好地管理我们的注意力呢？方法一：注意力外包。给大脑减负，通过外部工具，把一部分需要消耗注意力的事情转移到大脑之外。老板雇用秘书、明星请经纪人，本质上都是在将注意力外包。所有外包方法中，最有效的工具是——清单。把需要注意的事制成清单，逐个完成。

3. 方法二：策略性走神。也就是专注一段时间后，专门留一段时间用来走神。研究发现，有计划地休息，反而能激发人的创造力。有计划地休息越彻底越好，最好让大脑完全放空。在椅子上伸个懒腰是不够的，要走出办公室到另一个环境中去，最好周围一个同事都没有，任何和工作相关的东西都不在视线之内。

4. 方法三：一次只做一件事。因为切换任务要额外消耗大量能量，所以为了将有限的注意力物尽其用，最好的方法就是，一次只做一件事。不仅提高效率，还能减少注意力在切换任务时不必要的损耗。

因名而废！你错过的好电影

文/佚名

 《三傻大闹宝莱坞》　豆瓣9.1分

"追求卓越，成功就会出其不意找上门。"

因为《摔跤吧！爸爸》，阿米尔·汗在中国吸粉无数。然而，这部获奖无数，因为名字看起来蠢傻幼稚而被很多人忽略的经典之作，非常值得一看。拍摄此片时阿米尔·汗已经44岁，但演起22岁的大学生来却一点儿都不突兀。

法兰、拉杜与兰乔是皇家工程学院的学生，三人共居一室，结为好友。在以严格著称的学院里，兰乔是个非常与众不同的学生，他不死记硬背，甚至公然顶撞校长"病毒"，质疑他的教学方法。他不仅鼓动法兰与拉杜去勇敢追寻理想，还劝说校长的二女儿碧雅离开满眼铜臭的未婚夫。兰乔的特立独行引起了模范学生"消音器"的不满，他约定十年后再与兰乔一决高下，看哪种生活方式更能取得成功。

  《叫我第一名》　豆瓣8.6分

"如果我放弃，就是向那些错看我的人屈服。"

本片根据布拉德·科恩的真实故事改编，是现实又温馨的励志片，笑中带泪的活课本，千万不要让任何事情阻止你去追求梦想。

年幼的布莱恩患上罕见的妥瑞氏症，时常发出怪异的、狗吠似的叫声，遭到同学的嘲笑、老师的训斥，甚至被学校勒令退学，父亲也对他失望透顶。这噩梦般的遭遇是成人都很难承受的。但他

也是幸运的,他遇到了睿智善良的梅尔校长,校长带动全校师生对他释放出强大的善意,让他坚定了成为老师的梦想,曲折的人生道路在他的坚持下也开始慢慢好转。

 《国王的演讲》　　豆瓣8.3分

"每个病人都害怕努力半天又回到起点。"

第83届奥斯卡金像奖最佳影片奖,根据真实历史改编,没特效、没反转,演员的演出无可挑剔,开头便奠定了全片完满的基调,古典优雅庄重,很典型的英式电影。

乔治六世自小怯懦和口吃,因而无法在公众面前发表流畅的演讲,这令他接连在大型仪式上出丑。最后经过语言治疗师莱纳尔罗格的帮助,慢慢克服了心理障碍。他临危受命,成为乔治六世,发表了著名的圣诞讲话,鼓舞了当时二战中的英国军民。

 《哪吒之魔童降世》　　豆瓣8.7分

你是谁,只有你自己说了才算。

"我命由我不由天。"当冷眼与偏见,裹挟着生活的颠沛袭来,是放弃自我倒下,还是固执地迎难而上?国产动画电影《哪吒之魔童降世》,以中国神话人物哪吒的故事,给我们做出了解答。

哪吒原本该是灵珠投胎的盖世英雄,但阴差阳错变成了魔丸诞生,成为了混世魔王,空有一腔英雄梦的哪吒,生来就面对众人的误解和偏见。

不同于以往的哪吒形象,我们眼前的哪吒被设定成头顶锅盖刘海、化着烟熏妆、走路两手插裤兜,痞气十足的样子,最终逆势成长的哪吒蜕变成傲世英雄,这样的处理也成为影片高燃的一个大伏笔。

送　　别

文/塔吉克

去什么地方呢？
这么晚了，
美丽的火车，
孤独的火车？
凄苦是你汽笛的声音，
令人记起了许多事情。
为什么我不该挥舞手巾呢？
乘客多少都跟我有亲。
去吧，但愿你一路平安，
桥都坚固，隧道都光明。

陶渊明：你们不配跟我学归隐

文/金陵小岱

"少无适俗韵，性本爱丘山"，提及陶渊明，很多人的第一反应便是这句诗，他是中国第一位田园诗人，被称为"古今隐逸诗人之宗"，然而让陶渊明万万没想到的是，在他归隐千年后，竟然成了金句"网红"。

几乎是每过几天，朋友圈里必定能刷到陶渊明的关键词。在单位受了点儿气，立马辞职，配字：不为五斗米折腰。甚至，连装修公司都敢消费一下，四面白墙，放几个原木色的桌椅矮床，就敢说：结庐在人境，而无车马喧。问君何能尔？心远地自偏。

若陶渊明还在世，必当怒吼：走开，你们都不配跟我学归隐！

陶渊明出身名门，曾祖父陶侃为东晋开国元勋、大司马、长沙郡公。八岁时，其父去世，十二岁后，庶母也去世了，但陶家毕竟是名门望族，虽家道中落，但也足够"小康"。

很多人将《归园田居》误解为陶渊明回归田园生活，将"园田"做"田园"来理解，其实这是错误的。在陶渊明归隐后的居室，可考的就有上京闲居、园田居等处，田庄别业则有西畴、南亩等处，诗题《归园田居》，是说他回到居住地园田居。

陶渊明不仅是个"小地主"，且生活得相当滋润，但是他特别喜欢在诗中哭穷：如"夏日抱长饥，寒夜列被眠"，更惨的还有"敝庐交悲风，荒草没前庭"……《五柳先生传》里更是哭穷哭到惊天地泣鬼神：环堵萧然，不蔽风日；短褐穿结，箪瓢屡空……他真的穷到这种地步了吗？

在他的《归去来兮》中，我们看到：僮仆欢迎，稚子候门。三径就荒，松菊犹存。携幼入室，有酒盈樽。而在其《与子俨等疏》中，陶渊明提到自己的五个孩子不是一母所生，兄弟不和睦，而兄弟不和睦的原因在于家产分配上各有私心。

若说陶渊明后期是真穷，那也是喝酒喝穷的，他嗜酒的程度简直是丧心病狂。如果把陶渊明这一生喝的酒钱算一下，你会发现贫穷真的限制了你的想象力，这哪里是穷，分明就是酒喝多了发牢骚，没钱买酒喝，自然心情不大舒爽。

陶渊明二十岁时，想在官场一展宏图，奈何又适应不了官场的黑暗，他无比眷念自己的田园生活。就这样，陶渊明辞官归隐，归隐辞官，折腾了数回，最后在辞去彭泽令后，正式开始了他的归隐生活，直到生命结束。

从前陶渊明的归隐生活，多半像个"小地主"，主要是感受与体验，而在此后，他确确实实地付出了劳力，更接近于一般农民的生活。有生活才有创作，其间陶渊明写了不少反映田园生活的诗文。三年后，陶渊明遭遇不幸，家中失火，宅院尽毁，被迫迁居。

陶渊明归隐后，无论处境如何，都能心如止水，从此生命里只有山水田园诗酒茶。陶渊明的归隐，并不是从此无所作为，他在归隐后留下了大量的田园诗文，他归隐了，一千六百年后，我们仍然知道他，敬重他。

码字最多、最风趣的段子手皇帝

文/雪花如糖

在众多的文学作品和影视剧中，雍正要么被塑造成阴谋家，要么被塑造成情圣。真正的他是什么样子？

雍正在位13年，所有的朱批加起来竟有1000多万字。雍正若活到现在，必是一个码字高手，在那个年代，批阅奏折最能反映一个皇帝处理政务的勤勉程度和管理江山社稷的水平。

也许你认为雍正是一个勤奋刻苦、不苟言笑的严肃老儿。其实不然，他还是一个很萌的段子手呢！

雍正二年（公元1724年），与他关系最好的十三弟即和硕怡亲王允祥，向雍正呈上一个奏折，说要率庄亲王允禄及侍卫大臣马尔赛去学习游猎来强身健体，请皇上批准。

皇帝哥哥这样回复：朕确为尔等忧虑，所忧虑者，当尔等肥壮而返还时，恐怕认不出来也。意思是我为你们担心，当你们身体练得又肥又壮，回来时恐怕认不出来了！

这怡亲王允祥继续上奏折，意思是感谢皇上隆恩，这次去必定好好学习游猎，这样我以前的病也就好了，身体也会强壮，但若真的发胖，不堪入目怎么办？

雍正回复：甚好。

允祥有点儿不明白"甚好"的意思，惶恐中再上奏请指示。

此时，雍正回复一大段话：朕躬甚安。尔等安好么？对发胖后不堪寓目之事，尔等丝毫勿虑，尽量发胖，愉快而回。唯独马尔赛回来时，恐其马力不支，朕委实为之悬念。着怡王选备二匹脚力强而能支撑之马，以赏赐于马尔赛。倘若尚未发胖，则毋庸赏赐。意思是：朕很好，你们好吗？对于发胖后不堪入目之事，你们千万不要有顾虑，尽管让自己胖起来，高兴地回来。我只担心马尔赛太胖了，马驮不动他，这着实让人心悬。你要选好两匹脚力好又能支撑得住的马，赏赐给马尔赛。假如他没有发胖，那就算了。

原来生活中的雍正是个风趣幽默爱开玩笑的人。

1724年，朝廷要将山东、河南一带丰收的小米运往江南，此时大臣田文镜上奏说，江南不食小米，还是运小麦吧。但朝廷重臣张廷玉等人却坚持说小米煮粥很可口呀，江南人必定喜欢。

结果小米运到江南买的人很少。雍正非常生气，狠狠地批评了张廷玉等人，反过来觉得还是田文镜说得对，就表扬了他一番。

这田文镜马上又拍皇上马屁，回奏说，其实我也很笨，关于运小米的事也只是随便说说，这还是有赖于皇上一贯的教导呀！

雍正看后大喜，于是朱笔一挥写下了：朕就是这样汉子！就是这样秉性！就是这样皇帝！尔等大臣若不负朕，朕

再不负尔等也。勉之！

这样直率地向大臣表白，绝对是个真性情的人，而且清楚地表达了自己赏罚分明的态度：只要你们认真办事，不辜负朕的期望，朕绝对不会亏待你们。

有一次批阅石文悼的折子时，雍正感性地写道：喜也凭你，笑也任你，气也随你，愧也由你，感也在你，恼也从你，朕从来不会心口相异。

这哪是皇帝给臣子的朱批，分明是一段至情至性的歌词，朗朗上口，富有节奏。难怪后世学者称之为"天下第一痛快书"。

我在丹麦的一场"猫耳朵"风波

文/候玥伊

风波乍起

哥本哈根位于丹麦西南岛东部,我在这里租了一套社区公寓。因为原主人是突然被公司派往国外经商的,所以与我签约时附加了一个特别条款,委托我照顾他刚订的一只猫咪。

说实在的,这只憨态可掬的小猫咪除了给我的日常生活增添不少乐趣外,也帮我很快融入了社区。不过,社区有个六十多岁的马苏妮太太,有点儿排外观念,一直对我爱搭不理。

丹麦渔业发达,碰巧我又是个"嗜"鱼吃货,如此天时地利,自然快意享用各种鱼类海产,还经常与小猫咪共享。有个周末,马苏妮太太隔着栏杆大声说:"嘿,我听说你是个没有什么收入的留学生,是不是没钱购买猫咪食物?如果无喂养能力,请马上转交给有能力的人。""我哪里没能力?看看,我每天伺候猫主子的全部是人吃的新鲜鱼呢!"

"你每天拿人吃的鱼给这么小的猫咪吃还有理啦?"马苏妮太太从口袋里掏出一个小册子晃悠着说,"那只能当辅食喂它。我们国家对宠物喂养有规定,怎么吃、吃多少都要按说明书做。吃鱼只是辅食,你随便给这种小猫咪吃鱼咨询过宠物医生吗?"

早前我也听说丹麦有一些相关的保护动物规定,听了马苏妮太太的话,我只好接过她手中的小册子,敷衍道:"行行,我好好学习一下,以后去给猫主子买指定主食喂养哈。"

"以后?对不起,鉴于你已经不是第一次随意给幼小奶猫喂食,我已经向宠物保护协会投诉你虐待家猫了,他们很快会派一位调查员前来了解情况。"

在丹麦,一些动物保护组织可不是什么等闲机构,它随时有权责根据政府有关法规对虐待动物者向法院提出起诉。看着眼前"大义凛然"的丹麦大妈,想着她扣在我头上"虐待家猫"的大帽子,无奈感油然而生。

接受调查

过了几天,果然有一女专员登门调查,我被列的"罪状"有三:其一是不按规章对幼年猫咪随意喂食,剥夺其科学饮食权;其二是擅用人吃的鱼产品喂猫,有违相关宠物饮食的卫生配方要求;其三是让小猫咪匍匐脚边进食,既不利于实时观察进食状态,又在人与宠物平等共处层面不到位。书面条款下面还附有马苏妮太太和社区六七个三姑六婆的联合签名。

我一边又好气又好笑地看着这些上纲上线的"文本",一边动脑子为自己开脱。调查员倒是比较通情达理,又亲见小猫咪围着我卖萌撒娇,就说:"你的情况比较特殊,而且看样子你和猫咪相处得也不错,这些我自会在调查报告里做出说明。"说着,调查员递过来一份文件,居然是一份煞有介事的监督书。其大意是鉴于我在养猫之事上的种种不恰当作为,念为初犯免予重罚,但有必要被"监督"一段时间,以观改进情况。

说到监督,马苏妮太太和那几位签名的大妈特别上心。考虑到自己处于劣势,我采取了怀柔策略,每每将小奶猫作为收买人心的"利器",引导它主动投怀送抱。很快,那些大妈不仅改变了对我的看法,还纷纷表示愿意证明我已痛改前非。

就在我以为万事大吉之时,马苏妮太太却对照我用手机拍摄的小猫咪照片,发现和刚来时相比,它的两只耳朵明显耷拉下来。经过提醒,我再次留心小猫咪起居,似乎看不出什么病痛的迹象。这样过了十来天,几乎每个人都看出小猫咪耷拉的耳朵蜷缩得越发小了。

终于有一天,动物保护协会的调查员和马苏妮太太敲开公寓门,通知我说:"小猫这个样子很令人担心,我们决定提交报告。你要做好准备到动物保护协会进行解释和申辩,他们将根据情况决定是否起诉。"

柳暗花明

说实在的,我对养猫虽不排斥但也不太热衷,觉得最坏的结果无非就是把小猫咪送给别人代养。直到有一天,我无意中听见有人议论,说马苏妮太太到处散布中国人喜欢虐猫,我顿时意识到事态严重。

这时,调查员找到我,表示由于马苏妮太太出具了一些证明,事态有点儿严重。他好意告诉我,作为一名外国人,我只需写个书面说明,承认自己是因没有饲养经验,无意中虐待小猫咪,交纳一定罚款可大事化小。但我拒绝了。我说:"我很清楚自己绝对没有虐待过小猫;我如果不去当面说明,就坐实了我的所谓'虐待'之罪,邻居们很容易因对我的误解而导致对中国人的整体看法。"

调查员微微点头说:"我可以帮你联系宠物医生对小猫咪的耳朵进行专业检查,等他们出具结论后我再提交新的报告。"过了两天,调查员带我去一家宠物医院。医生说:"没毛病啊,它是苏格兰卷耳猫的一个异化品种。有些小猫咪出生后就天然卷耳,另有一些起初和平常小猫无异,但生长一段时间,卷耳基因逐渐起作用,耳朵就会自然向内蜷缩。"

意外的情节反转让我和调查员面面相觑。为了确认,我很快联系了当初订购小猫咪的宠物店,果不其然,对方出具登记,原来小猫咪是一只苏格兰卷耳猫和土猫的杂交后代。

真相大白,调查员将实情呈报动物保护协会的同时,还专门打电话给马苏妮太太和几位大妈。几番折腾一场虚惊,我和小猫咪恢复了快乐共处的生活。而社区那些邻居再见我,礼貌里又似乎多了些尴尬。

离开那天,房东送我一个超大的礼物盒,说:"这些是社区曾经误解你'虐猫'的人们赠送的,请不要因为这件事对我们对丹麦人有不好的看法。"我笑着接过道:"怎么会呢?其实我从他们的举动中也见识到丹麦人的严谨和原则性。"

走出屋子,我一眼就看见马苏妮太太。她露出些许依依不舍,轻声说:"以后你会再来吗?不知道愿不愿意尝尝我做的鳕鱼干。"说着她递给我一个盒子。还没等我接过来,嗅出鱼香的小猫咪一下从我怀里跳到她怀里,我乘机给这位大妈一个热烈的熊抱。从她有些羞涩的神情里,我体会到那份憨厚的可爱与真诚。

这些是真成语

文/古典书城

惨绿少年

这个成语乍一听就很"惨"很"绿",莫非是用来形容某个卖炊饼的少年的?大家要是这么想可就错了。这里的"惨"通"黪",指色彩暗淡。惨绿,就是浅绿,指衣服颜色,并不是说悲惨,就如同现在的"很酷",并无残酷之意。

"惨绿少年"本意是指穿着淡绿色衣服的少年,出自张固的《幽闲鼓吹》,它还暗藏着一个有趣的故事呢。

话说唐代宰相刘晏的女儿嫁给了礼部侍郎潘炎,生的儿子潘孟阳后来做了户部侍郎。一日,潘孟阳请同僚到家里吃饭,母亲便躲在屏风后面偷偷看这些年轻人。看完后,说都不是好货色,却独独问:"末座惨绿少年何人?"原来是补阙杜黄裳。潘夫人感叹:"此人器宇不凡,将来必然成为一代名相。"

这个惨绿少年杜黄裳果然争气,后来高居相位,"以法度整顿诸侯",在不长的时间内即讨平西川、夏绥诸处叛乱,这就是著名的"元和中兴",连唐宪宗都说这些全是杜相的功劳。

所以,"惨绿少年"一词是指虽身份低微、无锦衣华服,但谈吐风度不俗,就像美女粗服乱发不掩国色一样的人才。

博士买驴

博士,古时官名。博士确实去买驴了,但这并不是这个成语要表达的意思。这个成语出自大名鼎鼎的《颜氏家训》。

说当时有个博士,熟读"四书五经",满肚子都是学识,做什么事都要咬文嚼字一番。

有一天,博士去市场上买驴。双方讲好价后,博士要卖驴的写一份凭据。卖驴的表示自己不识字,请博士代写,博士马上答应,当即写了满满三张纸。卖驴的不认字,博士就念给他听,过路的人都围上来听。

过了好半天,博士才念完凭据。卖驴的听后,不解地问他:"先生写了满满三张纸,怎么连个驴字也没有啊?其实,只要写上某年某月某日我卖给你一头驴,收了你多少钱,也就行了,为什么唠唠叨叨地写这么多呢?"

课间锻炼有助提升学习能力

文/佚名

英国一项新研究显示,课间进行适度户外锻炼不仅有益儿童身心健康,还有助提升其注意力和记忆力,让他们学习更投入。

这项研究由斯特林大学和爱丁堡大学学者领衔开展,全英国共1万多名小学生参与。研究人员让孩子们在课间休息时参加3项不同强度的户外锻炼,并在锻炼前后询问他们的心情和清醒程度,让他们在电脑上完成注意力和记忆力相关测试。

在高强度锻炼中,孩子们需按照逐渐加快的节奏跑步,直到近乎筋疲力尽为止;中强度锻炼中,他们可按自己的节奏跑步或散步15分钟;低强度锻炼中,他们可以到户外坐或站立15分钟。

结果显示,课间跑或走15分钟的孩子,无论是情绪、清醒程度,还是注意力和记忆力都表现更好一些。

参与这项研究的爱丁堡大学学者乔茜·布思说,这一研究结果表明,应鼓励孩子在课间休息时根据自己的节奏进行锻炼。不过她强调,即便有这类课间锻炼也不应忽视学校的正常体育教学。

那些无法向人类做出妥协的 自由灵魂

文/江 山

最近,一只小鸟飞进许多人的朋友圈。它像麻雀,除了胸前有黄毛。它垂头丧气,形单影只。这小鸟本是热爱自由的生灵,每年春秋两季,都要飞越山林湖海,穿行4000公里,足迹遍布整个中国。结果,它们大部分被半路堵截,成了人类的菜。

2017年12月5日,黄胸鹀在世界自然保护联盟官网更新的濒危物种红色名录中,评级从"濒危"升为"极危",这意味着野生种群即将灭绝的概率非常大。它有个更广为人知的名字——"禾花雀"。

当一只黄胸鹀从西伯利亚振翅起飞,开始向南迁徙时,它要经历的是一场生存与灭亡的较量。在"鸟道"上,火枪、鸟铳、竹竿、大网等待着它。如果不幸被抓,它会被闷死、拔毛,被一根锋利的竹签准确刺过喉咙,和同伴穿在一起,挂上烤炉,扔进油锅。在餐桌上,它改名换姓,成为"天上人参"。

如果没有红色名录的警告,黄胸鹀不会被这么多人关注。在"鸟丁兴旺"之时,每逢秋收季节,稻田麦地,它们成群结队而来。人们为满足口腹之欲,大量捕杀这种其貌不扬的小鸟。

在最近的二三十年间,黄胸鹀种群数量下降率为95%,仅2001年,广东就"吃掉"了估计100万只。

1914年,最后一只北美旅鸽"玛莎"在美国辛辛那提动物园死亡,宣告着这个曾拥有50亿成员的"大家族"在世界上彻底消失。在欧洲殖民者登陆前,它们是北美天空的"霸主"。一年两度的迁徙,旅鸽成群结队,在墨西哥与落基山脉间往返,一群多达数亿只,"遮云蔽日"。因人类对旅鸽大肆捕杀,不到30年时间,这种广泛分布的鸟类数量急剧下降,直至灭绝。旅鸽之殇刚过百年,相似的悲剧也许会在黄胸鹀身上重演。

危险的信号灯早已亮起。2014年黄胸鹀被世界自然保护联盟升级为"濒危"物种。人人听过"禾花雀",可直至今日,它依然没有列入中国《国家重点保护野生动物名录》。

动物保护者常说起朱鹮的故事。这种历史感与美感兼具的鸟儿一度在野外消失。直到1981年,科学家刘荫增在陕西省一个山沟里重新发现世界上仅存的7只野生朱鹮。经过30多年的艰辛保护,如今朱鹮种群数量超过2000只。

人们救回的是朱鹮中的"留鸟",人工繁殖的方式不一定能救回候鸟。

19世纪80年代,芝加哥大学的查尔斯·惠特曼教授从野外抢救回几只旅鸽。这些充满野性的生灵无法适应圈养,相继死亡。1889年,惠特曼将为数不多的"幸存者"赠给辛辛那提动物园保护,结果依然令人哀伤。

1914年的一天清晨,管理员来到玛莎的鸽舍进行检查,看见玛莎蹲在屋顶,一动不动地看着外面的天空。大约一个小时后,它倒在笼子里,永远地停止了呼吸。这是一个无法向人类做出妥协的自由灵魂。

我曾经读过的热爱

文/琢磨先生

1

我不知道你们是否还记得自己读的第一本书是怎么来的。在我的童年时代,家里几乎是没有书的,只有报纸,其实报纸都是稀缺品。那时候甚至连农器具都没有。我们家住在大队的仓库旁边,仓库有个窗户,窗户小得只有孩子才能钻进去。所以,那里面承载了我对乐园的所有期待。

我对农器具自然不会有太大兴趣,我唯一的兴趣就是仓库里的一个木头箱子,里面几乎装着我们村里所有的书。现在想来,大约有一百本,基本上都是小画书。隔三岔五,我就去掏一本带回家,怕被发现,看完赶紧还回去。一直没舍得还回去的是一本《西游记》,里面配了插图。没事儿我就躺在麦秆堆上看书,跟着孙猴子去闯荡世界。

2

我们村子很小,但我的世界因为《西游记》这本书变得很大。我知道在某个地方有个女儿国,那里没有男的,我把这事儿告诉我们村子里的人,他们都觉得很神奇;我也知道有个极乐世界,住着一位慈眉善目的老人,法力无边,我把这事儿告诉母亲,结果,从此每逢春节,她拜的众多道家神仙里赫然多出了一位佛家的人物。

大人们每问我一次神话典故,我就翻一次《西游记》,直到最后如数家珍。以至于后来,我写的第一本书就是《水煮西游记》,跟此有直接的关系。

《西游记》陪伴了我的童年,而武侠小说则几乎贯穿了我的少年时代。

我记得非常清楚,读四年级的时候,我从父亲的包里搜出一本《江湖夜雨十年灯》。他白天看,我晚上躲在被窝里用手电筒看,每看十几分钟就钻出来透口气,以至于做的梦全是江湖的事情。

这本书给了我极大的精神满足,父亲在听完我的高谈阔论后,又把包里的书换成了《七侠五义》,也给了我不用钻在被窝里打手电筒看书的特权,因为他觉得那样太费电池。

3

那时候,我觉得世界上最幸福的事情,就是把地瓜埋在坑里,上面点上火,伴着烤地瓜散发出的香味,盘着腿读书,跟着武林豪杰走遍大江南北,匡扶正义。因为我读书多,知道的故事就多,我渐渐成了村子里同龄人的"带头大哥",除了玩捉迷藏、弹玻璃球这类常规游戏,就是我的读书会。那时候,我感觉自己比坐在公堂之上的包拯大人都神气。

后来,我学了文科,又从事了老师这个职业,这跟我父亲用武侠小说诱惑我有莫大的关系。

因为做老师,我经常会去不同的企业和学校讲课,所以出差也极为频繁。无聊而又漫长的旅程,是读书的最佳时刻。每次出门前,我都会站在书架旁挑书,那感觉就如同一位君主在决定带哪一位妃子出巡。

我带出去次数最多的一本书,就是叔本华的《作为意志和表象的世界》,甚至有时候发现忘记带了,就会临时在机场买一本。这本书仿佛成了我的某种精神寄托,其他书都太过浅薄,无法与我进行深层次的交流。

旅途中的阅读给了我很大的慰藉,所以不管是飞机晚点了,还是约的人迟到了,我从包里拿出书就可以进入另一个世界。现实的世界或许跟我童年时候的一样,充满了挫折与阻碍。但每次把一本书托在自己手心里,就觉得生活有了无限可能。

只要对阅读保持着热爱,现实就蹉跎不了生命。

蚂蚁从高空掉落会不会摔死

文/薛业忠

新的学期到了,日本埼玉大学奥本大三郎教授一走进教室,劈头就问大家:"蚂蚁从很高的地方掉落,会不会摔死?"有个同学抢着说:"肯定会摔死。从很高的地方掉落,任何东西都难免会被摔死的。"奥本大三郎教授让他提供充分的理由或证据,这位学生却一脸茫然,无从答起。

教授微笑着说:"有一种方法可以证明蚂蚁从高空掉落,究竟会不会摔死。而且只有一种方法,那就是做实验。"于是,他率领众多学生来到街头,进行了一场超级现场实验。

首先,奥本大三郎教授让蚂蚁从10厘米高的地方落下,这相当于人类的8层楼那么高,也就是相对高度是25米。实验开始了,看!蚂蚁掉落了,没事,它还活着,还在地上欢快地爬着呢!

接着,奥本大三郎教授把蚂蚁放置在1米的高度,这相对于人类来说是在东京都市政厅243米平台的高度上。蚂蚁又一次掉落了!哈,也没事,蚂蚁还是欢快地活着。

为了慎重起见,奥本大三郎教授要把蚂蚁放置到10米的高度,这就相当于人站在美国大峡谷约2500米的高度。真是太高了!蚂蚁能活下去吗?大家都瞪着眼睛望着奥本大三郎教授。蚂蚁掉落了,大家都伸长了脖子看地上的蚂蚁,接着传来一片欢呼声:蚂蚁没事,没有摔死!

很多人已经开始认可奥本大三郎教授的观点了,蚂蚁无论从多高的地方掉落都不会死。奥本大三郎教授又说:"为了以防万一,我们今天设置一个30米的高度。再来看看这个结论是否正确吧。"实验继续进行。奥本大三郎教授把蚂蚁从30米的高度扔下。很多人开始在地上寻找蚂蚁,很快,就发现蚂蚁掉在地上后立即爬了起来。大家不禁齐声欢呼起来。

这时候,奥本大三郎教授让学生们对刚才的实验进行总结。一位学生高兴地说:"这个实验告诉我们:蚂蚁无论从多高的地方摔下来,都会安然无恙。这是有一定的科学依据的。物体在降落的过程中不断加速,到达一定的速度之后不再改变。对于蚂蚁来说,这个标准是10厘米,也就是说,无论蚂蚁从多高的地方降落,和它在10厘米高的地方落地所受的冲击是一样的。"奥本大三郎教授很高兴学生能够有这样深刻的认识。

然后,他又专门解释了这一物理学概念,说:"这种保持与引力和空气产生的阻力相平衡的状态,在物理学上被称为'最终速度法则'。这一法则应用到蚂蚁身上的话,在10厘米的高度就达到速度的关键点,在这之后,无论是100米还是200米,蚂蚁下落时的速度都不会变化。更为重要的是,蚂蚁拥有不同于人类的脊骨,全身都有骨骼覆盖,足以应对下落时所受的冲击,所以,蚂蚁不论从多高的地方掉下来都不会摔死。"

通过这次街头现场实验,很多大学生明白了一些道理:进入高校,通过书本学习知识固然重要,死记硬背也未尝不可,但探究知识的来龙去脉才尤为重要。因为,探究可以让你在学习中解决疑难,获得知识;探究可以让你在生活中破除陈规,求得真理;探究更可以让你获得智慧的心灵,成就精彩的人生。

文章的好坏与快慢

文/晏建怀

宋朝重文章，文人常常因一首小诗、一篇小文而一时洛阳纸贵，举国皆知，孙何便是如此。

孙何，字汉公，蔡州汝阳（今河南汝南）人。孙何十岁识音韵，十五岁就能妙笔著文章，笃学好古，著文必本经义，在读书人中名声甚显。据蔡传《历代吟谱》记载说，孙何曾作《两晋名臣赞》，当时的文坛领袖王禹偁读了他的文章后，激动不已，把他和当时另外一个文坛新秀、后至宰相的丁谓广为延誉说："丁谓与孙何，便可白衣修撰。"

意思是，这两个可畏后生，不用参加科举考试，就能直接以白衣身份入朝出任饱学之士才能担当的史官，对其才学给予了极大的肯定。王禹偁广为延誉的同时，还特别赋诗一首曰："三百年来文不振，直从韩柳到孙丁。如今便可令修史，二子文章似六经。"将二人比作韩愈、柳宗元这种一代文宗式的人物，可见孙何文章的影响之巨。

后来，孙何果然用实力证明了自己的才学。宋太宗淳化三年（公元992年）的科举考试中，孙何在乡试、会试（省试）、殿试中，场场高居第一名，最后被宋太宗钦点为状元，名动京师。王禹偁"白衣修撰"的青睐，堪称慧眼识珠。

说到孙何考取状元一事，还让人想起宋朝科举史上的一则趣闻。宋太祖赵匡胤夺取天下后，延续隋唐旧制，开科取士，同时，他将皇帝亲自主持的殿试作为科考定制加以确定。颇为搞笑的是，武夫出国的宋太祖，十分欣赏那种眼疾手快的高手，他规定，凡参加殿试的举子，都要完成三个题目，在完整、优质的前提下，谁最先交卷谁即为状元。比如，开宝八年（公元975年）的殿试中，王嗣宗和陈识二人同时交卷，宋太祖干脆让二人在朝堂之上打了一架，最后王嗣宗赢了，果然高中状元，王嗣宗因此被人戏称为"手搏状元"。

继位的宋太宗遵循旧制，依然以出手快为取舍标准。欧阳修在《归田录》一书中说"太宗时试进士，每以先进卷者为第一"，便是明证。不过，虽然"以先进卷者为第一"，但皇帝的初衷并不单单以行文快慢为唯一取舍标准，他们要求文理顺而才思捷，即又好又快。但科举之途的艰辛，让许多人钻山打洞求捷径，于是又好又快，渐渐变成了无所谓好，只寻求快。就在孙何参加的这年科考中，举子李庶几把考生们集中在京城一个烧饼铺里，以厨师烙好一张饼的时间完成一韵诗者为胜，比写诗的速度谁更快，闹得沸沸扬扬。

宋太宗得知后，又气又恼。殿试时，他特意从《庄子寓言》中摘出"卮言日出"四字，拟了道非常冷僻的赋题。考题发下去不久，大家还眉头紧锁之际，李庶几就草草成篇，抢先交卷了。看到他那得意的样子，宋太宗雷霆震怒，当场把李庶几轰出了考场。这次，文思敏捷的李庶几落榜，作文慢慢腾腾的孙何中了状元。此后，殿试不再以速度的快慢作为状元的取舍标准。

这则科举史上的逸闻再次证明，要在高手如林的科考中独占鳌头，本身的学问和文章才是唯一的"敲门砖"。看来，孙何"白衣修撰"的名头，的确不是借文坛领袖之口吹嘘而得来的。

为什么有体育特长的人容易成功

文/李稻葵

几年前的一个场景令我至今难忘。在瑞士的达沃斯，世界经济论坛最私密的会场，我被请去谈经济走势。

上一场刚刚结束，大家都站着交谈。我一进门，一惊：个个都是大高个儿，身高1.79米的我几乎是最矮的！镇定了一下，我马上想到：国际上的很多领导人，都是职业或业余运动员出身。练体育的人，以大个头为主。

的确，大多数西方人，尤其是美国领导人都有体育方面的一技之长，有的曾经入选大学的体育代表队，有的是职业运动员出身：美国前任财长亨利·鲍尔森就曾是大学校橄榄球队的明星球员；国际货币基金组织主席拉加德曾是一名花样游泳运动员；世界著名的金融机构黑石集团的创始人苏世民，曾经是校长跑队的队员……

不仅运动员容易做出一番成就，西方的精英大学也注重培养有运动员背景的学生。我的分析是，运动员出身的人，因为他们需要有异于常人的综合条件，所以一定具备特殊的心理素质。

首先，运动员是懂得如何去竞争的一个群体。体育项目天生就带有竞争性，运动员身处其中，就要善于竞争、乐于竞争。

其次，运动员要懂得团队合作。即使单人项目，如乒乓球、体操、跳水、田径等，也同样需要团队配合。因为一个团队里有教练、营养师、陪练等，只有每个环节都做到优异，才可能达到高水平的竞技状态。

为什么运动员出身的人在社会中往往会脱颖而出？因为他们有难以击垮的自信心和号召力。一个能赢的团队，一定也是经历过许多逆境的团队，不可避免地有过失望、恐惧、质疑、懊恼等情绪，尤其在竞争激烈的比赛场上。

在竞赛成绩落后的情况下，核心人物必须摒弃杂念，集中精力想好下一个球该如何打，才能把握赢回来的机会。这种机会往往转瞬即逝，必须保持高度集中的注意力才能捕捉到。这恰恰是一个成功者应该具备的素质。

现阶段我们的教育还是太关注孩子的学习成绩，在全球化时代下，不懂得与人博弈，似乎不太能适应社会变化。

如果在孩子成绩过得去的基础上，让他们学一点儿符合身体特长的技能，多参加一些体育比赛，这将最大限度地拓展他们的心智禀赋，孩子会受益终身。

白居易：诗魔的宦海沉浮

文/金陵小岱

电影《妖猫传》中，白居易因写作《长恨歌》而卷入了宫廷秘闻之中。历史上，这位伟大的现实主义诗人，一生几度宦海沉浮，用生命诠释了"达则兼济天下，穷则独善其身"。

唐朝没有网，但也是个抢人气拼流量的时代，诗人众多，白居易理应在自己爆红时整合手里的资源让自己彻底红一把，然目前的状态，并不是他的理想出路，除了顾况，白居易没有得到更为强有力的引荐，于是白居易开了个新闻发布会：感谢各位支持，我要回家乡继续学习积累，沉淀自我，今天起暂别诗坛。

十二年后，白居易回来了，并且是以新科进士的身份重新出现在世人面前，正式地踏入了仕途。

公元815年，朝廷里发生了一件大事，宰相武元衡和御史中丞裴度遭人暗杀，武元衡当场死亡，裴度受了重伤，但奇怪的是，这么大的事情，所有人包括宪宗在内都表现得极为平静，案件一直压着不处理。

白居易觉得这太不寻常，于是上表要严缉凶手，把案件查个水落石出……然而朝廷对这件事情依然不大关注，热搜稍微靠前，就被压了下去，白居易痛心疾首地再次上表。

那些掌权者非但不褒奖他热心国是，反而说他是东宫官，抢在谏官之前议论朝政是一种僭越行为，于是被贬为州刺史。

被贬为江州司马，是白居易一生的一个重大转折点：在此之前他以"兼济"为志，希望能做对国家人民有益的贡献；自此之后他的行事渐渐转向了"独善其身"，虽仍有关怀人民群众的心，但表现出来的行动早已没有过去那般炽热。

公元822年，白居易被任命为杭州刺史。白居易内心那颗"达则兼济天下"的心再次炽热起来，在杭州任职期间，他见杭州有六口古井因年久失修，便主持疏浚六井，用以解决杭州人民的饮水问题。

当他看到西湖淤塞农田干旱，又排除重重阻力，修堤蓄积湖水，用来灌田，舒缓旱灾所造成的危害，并作《钱塘湖石记》，将治理湖水的政策、方法与注意事项，刻在湖边的石头上，以供后人参考。

往后的二十多年，白居易也没有过所谓的"岁月静好"，仍然是被朝廷调动着四处做官，但他为任职当地的百姓做了很多实在的好事，其间还写了大量的诗歌，被后人称为"诗王""诗魔"，他用他的一生诠释了"达则兼济天下，穷则独善其身"。

纵观白居易宦海沉浮的一生，从少年得志到被诬陷贬谪江州，当早已无心政事时，又被朝廷重用，然而，无论是少年得志的辉煌，还是被贬江州的孤苦，白居易一直是个守得住初心的人，或者说他是个纯洁的人。

从开始对官场规则的生疏，却不唯唯诺诺阿谀奉承，敢为真理冲上前去，有着"达则兼济天下"的热血；在经历了被诬陷、被贬谪后，有着"穷则独善其身"的反思，内心虽凄苦，却从未冷掉那颗为国为民的心，也从未漠视过世事。

听段子手司马迁讲故事

文/侯人锜兮

提及太史公,很多人的印象是身残志坚的史学家。说起《史记》,就是一本厚重的史学书呗。这样的想法,司马迁只想给你一个白眼。若他活在当下,什么《吐槽大会》《奇葩说》统统能被他承包。不信来看看他是如何讲《史记》的吧。

比起历史书上某年某月发生了某事,意义如何,《史记》可谓在讲故事和讲段子中进行的。帝王将相,无不在司马迁的吐槽之列,连他最推崇的孔子都敢幽上一默。在《孔子世家》里,原本叙述孔子的降生,俨然神仙下凡,却突然笔锋一转,写道:"生而首上圩顶,故因名曰丘云。"孔子生下来脑门就是凹进去的,所以就叫了丘。这个梗我给满分!

最绝的是写老将廉颇。当时赵王派使者去探访年老的廉颇,看他是否还能领兵打仗,而这位使者却收了廉颇仇人郭开的钱,而诋毁廉颇。"赵使者既见廉颇,廉颇为之一饭斗米,肉十斤,被甲上马,以示尚可用。赵使还报王曰:'廉将军虽老,尚善饭,然与臣坐,顷之三遗矢矣。'"廉颇能吃一斗饭,十斤肉,还披挂上马,表明身体还硬朗着哪,可那位使者回去却报告赵王说,廉颇虽然还能吃饭,可他一会儿就上了三次厕所啊!于是,廉颇就真的再也没被召用。

作为历史级别的段子手,除了会调侃,还特别多情,司马迁在这方面堪称情感编剧大师。比如写《吴太伯世家》,就有这么一出奇葩纠纷:"初,楚边邑卑梁氏之处女与吴边邑之女争桑。二女家怒相灭,两国边邑长闻之,怒而相攻,灭吴之边邑。吴王怒,故遂伐楚,取两都而去。"真可谓是《一棵桑树引发的战争》。司马迁的家庭生活我们不得而知,但他对人性的理解的确比常人深透百倍,写爱写恨写私欲都能称为"史家之绝唱"。

作为一个史官,记录庙堂之事是本职工作,可司马迁偏偏要做一个段子手,让普罗大众都听得懂。他能真正做到记录最全面的历史,将高高在上的皇权贵族和普通百姓平等视之。

司马迁这样百科全书式的段子手究竟是如何诞生的?首先是他父亲的精心培养。他的父亲司马谈有着满腔的抱负和学识,为了培养一个天才的爱子,司马谈让司马迁儿时混迹乡野之间,锻炼了强壮的体格,这为他日后在全国旅行并日夜著书打下了身体的基础。

十岁前,父亲又给司马迁找了全国的名师孔安国,所以司马迁说自己"年十岁,则诵古文"。出于父亲是史官的便利,司马迁从小就能饱览古今之书,这是多么大的幸运。更重要的是,司马迁不是死读书的呆子,年仅二十岁他就开始了第一次全国旅行,打听韩信贫困的故事,祭拜禹舜的墓土,亲自去看屈原投水的汨罗江,去鲁国感受孔子的教化遗风,之后多次随汉武帝全国巡游,这对司马迁写《史记》无疑提供了翔实的材料。

关键的命运转折,就是我们众所周知的司马迁三十八岁那年受了宫刑。这是他一生的奇耻大辱,他是在那一瞬间读懂了真实的人性吧?之后继续埋首投入《史记》的创作中,便多了一份对真实世界的深透解读。如果司马迁活在今天,既会写段子,又学识渊博,还是旅游达人,早就是"国民男神"了吧?

火车上的印度

文/马一剑

在印度，旅行缺少了火车，那就算不上一次完美的体验。来印度前，常常会被网上流传的印度人"外挂"在火车上的壮观场面所震惊——现实中的印度火车，很少能看到这种场景，不过确实很多年轻人喜欢挂在火车门口，看上去很拉风。

在印度需要提前一个月买票，因为乘客数量巨大，可与中国春运期间的客流量相提并论。有钱人可以到旅行社订票，普通人多在网上买票，或者到火车站排队。网上订票有着一系列复杂的程序，譬如要有当地的电话号码，以及网上不断注册、不断注册失败的煎熬过程。

印度火车分为硬座、普通卧铺和空调卧铺，空调卧铺又分三个等级。普通的印度群众多会选择硬座和普通卧铺，主要是因为价格便宜。普通卧铺没有被褥，也没有空调，但会有电扇，在炎热的季节，车厢里的闷热，会让人不停地流汗，不停地喝水。卧铺车厢的布局跟国内差不多，也是一个小隔间，左右两面墙上各三张床。白天的时候中床是放下来的，以便有更大的空间提供给乘客。不同的是，过道的墙上也有一对上下床。

印度的火车的特点是慢和不准点。除了始发站，火车的晚点几乎是不可避免的。火车出发后，车速很慢，在40~50公里/时，如果有人没赶上火车，火车行进途中还有机会上车，这也是那么多年轻人喜欢"外挂"的原因，方便自己随时上下车。

火车上的餐饮则从不欺客，车上叫卖的小贩所卖的食物几乎价格与外面一样，并没有涨价，使很多印度人上车前不会买吃的。遇到骗子、小偷是难免的，但印度整个国家有着强烈的宗教氛围，大部分人都是友善的。每当火车经过桥梁时，都会看到当地人将硬币扔到车窗外，嘴里念念有词。此外，虽然种姓制度早已被废除，但在现实中的影响依旧存在。火车上的列车员几乎是按照种姓来划分的，最高等级，就是列车长以及验票人员，大都英语流利，皮肤偏白；其次，则是送餐的列车员，以及车厢内的打扫人员，肤色由浅到深。负责车厢打扫的列车员，几乎没有自己专属的铺位，夜间只能在车厢连接处的过道搭上几块木板睡觉。

有一次夜车，我没有买到卧铺票，只有站票。好心的列车员为我在他们睡觉的空地上移出了一小块地方，与列车员一起在过道委身睡了一宿。可能是太乏了，一觉反倒睡得很踏实。

同样是一次夜车，不过这次坐的是一等空调车厢，与前几日的普通车厢体验完全不同。不但有空调、被褥，每个床铺上还会有帘子。不过这些还不是最让人惊艳的，让人想不到的是它的送餐（餐费含在车票里），一天居然被送了六次之多，从正餐到小吃、冰激凌，时不时还有奶茶、咖啡奉上。

不过幸福的节奏并没有持续多久，就在列车即将到达终点站时，送餐员开始沿着车厢收小费。我看到旁边的乘客都只给20卢比，我也拿出了20卢比，可送餐的小哥显然不满意，拿着手里一张面值50卢比的对我比画，意思是你是外国人，应该多给些呀！这还不算完，过了一会儿，送被褥的列车员也来收小费。打扫卫生的列车员又紧随其后，看来零钱不都给完是不行的。

那些"脑洞大开"的微型博物馆

文/胡文莉

近年来，形形色色的微型博物馆成为各国街头巷尾的风景，其中很多申请了吉尼斯世界纪录。也许是由于竞争激烈，到目前为止，还没有哪个博物馆摘得这一殊荣。

在英国，红色电话亭比比皆是。据统计，全英国有6万多个电话亭，但还在运行的不到10%，大多已成"老古董"。2016年，约克郡沃利镇居民把一个废弃电话亭改造为博物馆，用于展出"当地历史的见证物"。该"电话亭博物馆"每次只能容纳1名观众，展品却十分丰富，有老照片、蚀刻玻璃、旧时装和珠宝等。博物馆负责人埃莲娜·贝利告诉英国《每日电讯》报记者，展品每3个月更换一次，"我们得到的反应极为热烈，人们感叹，真是太不可思议了"。他们计划把更多的乡村电话亭改造为微型博物馆。

在法国，20世纪前卫音乐的先驱、作曲家埃里克·萨蒂生前最后住过的房间被改造为博物馆。在人生的最后时光里，萨蒂穷困潦倒，不得不搬进只有一个房间的"鸽笼"公寓，至死连房门都没踏出过。他去世后，人们发现屋里有两台连在一起的钢琴，还有几百把雨伞和美国现代艺术家曼雷的雕像。萨蒂博物馆于2008年关闭，但公寓外墙上一个古怪的大洞和这位前卫音乐家乖张的作风，至今仍为人们所津津乐道。

欧洲小国马其顿的Dzepciste村有家"人类博物馆"，同样只能容纳1名观众。这个曾经征服过古希腊的国度历史悠久，馆内展品数量可观，有些甚至可追溯到8000年前。不过，它们的主人似乎不在意这些文物的价值，所有展品"肩并肩"地挤在简陋的木架上。由于村里人烟稀少，位置偏僻，馆长Simeon Zlatev-Mone"整天望眼欲穿地盼着访客光临"。参观博物馆的游客将得到Zlatev-Mone一家老小的热情款待，还能喝到女主人亲手奉上的花草茶。

综观各色微型博物馆，"脑洞"最大的可能要数"流浪的艺术博物馆"了。这个博物馆由一个饮料摊和两把椅子组成，与其说是展览，不如说更像出没无常的行为艺术。自诩为"传奇收藏家"的"馆长"菲利普·诺特丹总是西装革履，正襟危坐，锐利的目光透过黑框眼镜审视每个走近的人，旁边蹲着威风凛凛的"门卫"——一只名叫"佛罗里达"的草原狼标本。他不厌其烦地回答参观者的问题，也把问题抛给他们，比如："你认为社会需要什么样的艺术？""你为什么写作？"交谈结尾，诺特丹会送给参观者一张票作为纪念；一段时间过后，他就会随这个"没有围墙的博物馆"出现在另一个地方。

我还不如一只龙虾吗

文/杨杰

说真的，如果有来生，我想去瑞士做一只动物，豚鼠也行，金鱼也行。

就说金鱼吧，瑞士的鱼缸必须有一面是不透明的，以防金鱼太没安全感。还得有同伴陪住，以备鱼开展社交生活。

这意味着，大厨烹饪时，得先将龙虾敲昏，待它蒙圈后，再放入水中。提出保护龙虾的人说，龙虾在被加工成食物之前的生命理应被尊重，不应该仅仅被人从水中抓起来，钳子遭橡胶带捆绑，陷入冰中，再被丢进沸水。所有的挣扎都被锅盖盖住，这太悲惨了。

瑞士法律甚至把"植物尊严"列为保护对象。有道德伦理小组认为，在没有合理原因的情况下把路边的向日葵"斩首"，是"作恶的行为"。

比起贫困国家贫困人口的生存环境，瑞士猫的居住空间必须高于2米、大于7平方米。每只猫都必须有一个"独立"的猫厕。猫链、猫刷、休息空间、活动机会……都有具体要求。最重要的是，"铲屎官"（主人）要保证每天与"猫主子"有眼神交流，小心伺候。

瑞士的小狗在诞生56天内是不允许和狗妈妈分离的，狗主人还要接受一系列严苛培训。

这份《动物保护法》英译版有152页，事无巨细。要是有人违反它，作为一只生灵，动物也有"兽"权。瑞士人曾提起一个法案，要求无论是猪、狗、金鱼、豚鼠，都能出庭做证，有律师替它们发言，给它们维权！

在瑞士的动物身上，正义可能既不会"迟到"，也不会"缺席"，它们也许还要实现三权分立，《疯狂动物城》的现实版上演，兔子嚼着胡萝卜当警官。

嘻哈的宗旨不是"爱与和平"，瑞士的《动物保护法》才是。这样设身处地地为动物着想，怎么说也是柔软的人。

像一位知乎网友说的，凌迟变成枪刑再变成讨论是否应有死刑，保护的从来都不是犯人，是人心的脆弱和敏感。

只有将它们提上日程，这个世界上的人才会越来越多地意识到，自己正给别的生命带来巨大且不必要的痛苦，进而在生活中保持自我警诫和自省的心，竭尽所能地不伤害他人。

"跳一跳"里的人生

文/张君燕

身边很多朋友最近都在玩微信小程序里"跳一跳"这个小游戏，我看了一下，确实有点儿意思。

上手试了试，大概了解了力度与距离的关系后，我接连快速地跳了起来，感觉状态正好时，身边的朋友突然喊了一声"停一下，这里有加分"——原来当小人跳到井盖、便利店、音乐盒、魔方上停留几秒后，会有不同分值的加分。我一边嘟囔"怎么不早说"，可还没来得及高兴，游戏里继续起跳的小人就摔死了。接连试了几次，都是如此。原来，游戏故意设置几个加分项，让人们为了得分打乱节奏，最终导致连连失误。可如果不停一下，又会痛惜失去的加分。如此几番下来，终因心里的那点儿贪念而失败，失去所有的分数。

有时候，游戏里会接连出现几个距离差不多的箱子，正当把握好了手下的力度，跳得顺风顺水时，突然下一个箱子的距离出现了很大的改变，然后……小人就摔死了。所以说，惯性是一件好事，却也可能是一件坏事。归根结底，大概是惯性麻痹了人们的神经，以至于陷入某种固定的模式中，一旦发生改变，就会措手不及，溃不成军。

稍微熟练了游戏之后，我开始执迷于"完美中心跳"。玩过这个游戏的人都知道，跳到箱子正中心是两分，如果接连跳到正中心，分数则会连续加倍。偶尔手气好碰到几次连续正中心后，我竟上了瘾，开始刻意追求"完美"。结果可想而知，不仅无法继续保持跳到正中心，反而开始连连摔死。看来，太过刻意的追求，总是不那么尽如人意。

我最怕游戏里出现的"小药瓶"，因为它的面积很小，跳上去的命中率相对来说就会低一些，好几次跳到这里，小人就会摔死。然后这里似乎就成了我的魔咒，每次跳到这里就会紧张、害怕，越紧张害怕越跳不过去，几乎陷入了恶性循环。但有一次，一边和朋友说话，一边玩游戏，无意识中竟然跳过了这个小药瓶！所以，比外界障碍更可怕的也许是心障，只有战胜内心的障碍，才能战胜外界的障碍。

还有一个对我来说是魔咒的，大概就是每到接近最高得分纪录的时候，我会下意识地不断瞟得分，然后心里暗暗窃喜，"在朋友圈的排名要上升了，又能超过好几个朋友了，加油啊！"当然，窃喜的同时手也会因激起的功利心而不由得紧张兴奋起来，于是，摔死的概率也就大大增加了。

这原本是一个供人们消遣、放松的小游戏，可身边很多朋友却会熬夜甚至通宵玩。一开始我是很不理解的，不就是一个游戏嘛，至于那么痴迷吗？可是，休息日，我在开始读书前，原本想着玩一局热热身，等到从手机里抬起头时，窗外的天已经黑了。

这何尝不像我们的人生呢？

爬树可以提高记忆力

文/佚 名

一项研究发现，例如爬树、赤脚跑和爬行等幼稚的消遣能够显著增强记忆力。

北佛罗里达大学的研究者们让72名年龄在18～59岁的人参与工作记忆测试，他们需要反向记忆一系列数字。接着，一部分人用两个小时进行各种类似障碍赛的活动，包括爬树、赤脚跑以及在细梁上爬，而另一部分人则听了一场演讲或上了一节瑜伽课。最后，实验对象再次进行了工作记忆测试。

结果显示，只有参加障碍赛活动的人们的记忆力有所增强。做瑜伽并没有增强记忆力，说明选择运动的类型很关键。爬树和爬细梁能够锻炼本体感受能力，也就是在眼睛不看的情况下大脑感知身体部位位置的能力。此外，大脑还要处理快速变化的信息，比如横梁摇晃或者嘎吱作响的树枝。研究团队的发言人说："本体感觉训练可能会需要更强的工作记忆，因为随着环境的变化，个体需要利用工作记忆来更新信息并做出合适的调整。"

用右耳听比左耳记得更牢

文/佚 名

嘈杂环境中怎样才能更好地记住听到的内容？美国最新研究建议，不妨多用右耳听。

奥本大学研究人员招募41名19岁至28岁成人展开两耳分听测试。研究人员要求他们集中注意力于一耳，然后说出听到的内容。结果显示，听到的内容不多时，志愿者两耳表现的记忆程度差不多；一旦听到的内容超出常人短期记忆能力，集中于右耳倾听后记忆的内容平均比左耳多8%，最多能多出40%。

英国《每日邮报》援引研究人员的话报道，右耳接收的信息由大脑左半部分处理，而左半脑主导人的言语、记忆能力。研究认为，右耳优势通常在13岁左右消失。而这次研究发现，成人右耳同样具有这一优势，只不过它通常在记忆大量内容时才会显现。

青少年睡懒觉才是正道

文/富 城

最新的研究表明，不要说晚睡早起，即便是被认为很健康的生活方式——早睡早起，也会伤害青少年身心健康。科学家建议，让青少年睡懒觉才是正道！这究竟是怎么一回事呢？20世纪80年代的一项研究结果证明，人的大脑在青春时期的睡眠和苏醒模式与其他时期截然不同。青春期的身体直到晚上10点45分才开始感到困倦，早上8点之前不能自然醒来。之后，世界各地的研究人员纷纷证实，几乎所有的人类以及大多数哺乳动物在青春期都会经历大脑中睡眠时间的延迟。所以，从本质上来说，青少年在早上8点前无法完全清醒，这是人类的生理问题，而不是态度问题。

人类情绪共有27种

文/佚 名

发表于《美国国家科学院院刊》的一项最新研究发现，人类的情绪其实有27种。

美国加州大学伯克利分校研究人员要求800多名参与者各观看30个静音状态的视频，并对他们的情绪做了记录。研究人员称，这反映了一系列丰富而微妙的情绪状态，也由此发现了27种情绪：钦佩、崇拜、欣赏、娱乐、焦虑、敬畏、尴尬、厌倦、冷静、困惑、渴望、厌恶、痛苦、着迷、嫉妒、兴奋、恐惧、痛恨、有趣、快乐、怀旧、浪漫、悲伤、满意、性欲、同情和满足。

畸形追星只会给偶像招黑

文/夏熊飞

2018年12月15日，有4名粉丝为了追星，先是买了跟偶像同一班的头等舱机票，在成功见到偶像后突然要求下飞机并全额退款。并且，他们还成功了，这却导致机上360名乘客被迫重新安检，航班严重延误。此事传开后，引发新一轮对粉丝追星行为的讨论。

在价值观越发多元的社会，追星本是无可厚非之事，但追星决不能将自己的喜好强加于人，更不能为了追星而做出破坏公共秩序、影响社会正常运转等损人利己的事情。如果不能恪守底线，追星就是畸形、病态之举，不仅无法发挥偶像的正向激励作用，还会给明星招黑。

航空公司允许乘客在临近起飞前下飞机，是出于万一遭遇突发状况的考量，但这一人性化的措施，却被部分不理性的粉丝利用，成了零距离接近偶像的"漏洞"，着实令人气愤。为了满足一己私利，却让大量乘客的正当权益与公共资源为自己"背锅"，往小了说是缺乏公德心的表现，往大了说则涉嫌扰乱公共秩序。

按照现有民航退票政策，临近航班起飞的时刻退票，经济舱全价票一般收5%至10%手续费，头等舱基本可以免费退票。花相对少量的退票费就能见到自己的偶像，在一些粉丝眼中是性价比极高的买卖。

此类行为并非个案。除了在飞机上"围堵"偶像，在到达出口、办票柜台、登机口、接机口等场合围追明星导致航班延误、机场秩序大乱的情形更是屡见不鲜。2018年5月，上海虹桥机场和北京首都机场就接连发生了两起因粉丝干扰而导致航班起飞延误的事件。

尽管类似事件频发，可相关惩处信息却鲜有所闻。这往往会给其他粉丝传递错误的信息，即为了见偶像，即便大闹机场、破坏规则也不是个事儿，进而诱发效仿。

对于粉丝追星导致航班延误、机场秩序受损行为的惩处，并非没有法律依据。《治安管理处罚法》第23条规定：扰乱车站、机场等公共场所及火车、船舶、航空器等公共交通工具上秩序的，处警告或者二百元以下罚款；情节较重的，处五日以上十日以下拘留，可以并处五百元以下罚款。而依据2018年5月1日起实施的《关于在一定期限内适当限制特定严重失信人乘坐民用航空器推动社会信用体系建设的意见》，粉丝堵塞、强占、冲击值机柜台、安检通道、登机口（通道），或可被列入黑名单，在一年内无法乘坐民用航空器。

对于这类以牺牲公共利益为代价的粉丝追星的行为，并非无计可施。须知这绝不只是"闹着玩"，而是扰乱公共场所正常秩序的做法，甚至可能导致严重安全事故。所以很有必要用严格的法规执行与有痛感的惩处，来给粉丝的狂热降降温。板子打疼了才长记性，必须使用刚性的法律法规，引导年轻粉丝理性追星。

谁曾替谁写文章

文/张勇

你看到的某篇文章，可不一定是标题下面署名的作者写的，这一情况，古今中外都有。

巴金最后的文字，是为曹禺的遗文集《没有说完的话》写序。巴金躺在病床上，不能握笔，就由女儿李小林代笔，他断断续续地说，但文思一直很连贯。巴老是因为身体原因，女儿只是替他录入，文字和精神还是自己的。钱锺书先生少年时，即替父亲钱基博给人写信，先是口授，后是直接代写。钱穆的《国学概论》署名钱基博的序文，就是钱锺书的代笔之作。

金庸写《天龙八部》在报纸上连载，因事不得不去欧洲一趟，可是连载不能断。于是金庸就找上了倪匡来给他代笔。金庸旅欧回港，倪匡已代写了6万多字。一见面，倪匡就说："很不好意思，我把阿紫的眼睛弄瞎了。"原来，倪匡讨厌《天龙八部》中的阿紫，于是一怒之下，故意将她给弄瞎了。金庸一听，哭笑不得，但也无可奈何。接着，他自己潜下心来，把《天龙八部》写完，对阿紫的瞎眼也做了别出心裁的处理。

战国末年，吕不韦受封秦国丞相，独揽朝政10年之久。但吕不韦并不满足于此，他还想像孔子一样流芳百世，于是便让自己的三千门客共同代笔写成一部《吕氏春秋》，然后挥笔署上自己的大名。他还命门客把全文抄出，贴在城墙上，并张贴布告：谁能在书中改动一个字，当即赏黄金千两。布告贴出不久，万人争相阅读，但仍然无人来改动一字，"一字千金"的成语自此问世。

初唐四杰之首的王勃，一篇《滕王阁序》文采飞扬。于是，请其代笔者门庭若市，《唐才子传》称其家中润笔收入"金帛盈积"。反观唐末宰相韦昭度，出身名门望族，早年起草公文，囿于才学不济，求人代笔，后当上宰相，遭到宦官田令孜讥讽："在中书则开铺卖官，居翰林则借人把笔。"

乾隆一辈子，写诗总数不下43000首，御用文人如沈德潜多有代笔。晚年沈德潜编著文集，收录了那些代作。此事传到皇帝耳朵里，难免恼羞成怒。沈德潜虽已作古，但死了也不能放过，当然要仆其碑，剖其棺，戮其尸，那叫一个惨。

著名画家傅山晚年因为名气太大，拜访、求字者众多，不胜其扰，遂不得不找人代笔，而代笔者有二人，一是其子傅眉，一是其侄傅仁。在当时，傅山作品有代笔，似不是什么秘密，但一般只知道傅眉是代笔者，以至于后来侄子傅仁早逝后，傅山悲痛万分，念惜不已。他在一则札记中道："三二年来，代吾笔者，实多出侄仁，人辄云真我书。人但知子，不知侄，往往为我省劳。悲哉！仁径舍我去一年矣。每受属抚笔，酸然痛心，如何赎此小阮也？"

瞿秋白为鲁迅写了12篇杂文，有的是根据鲁迅的意见写成的，有的是跟鲁迅交换意见后写成的。鲁迅对于瞿秋白的杂文十分认可，也十分欣赏。

西方学者幽默表示："代笔这一行，不是人类最古老的职业，但历史之悠久，远超你我想象。"公元3000年前，美索不达米亚出现楔形文字，代笔应运而生。各大宗教经典，多由后人"为圣贤立言"。苏格拉底思想流传至今，哲人高足柏拉图巨细无遗的代笔，当记首功。

古人行走要"发声"

文/赵柒斤

天冷,快走、跑步锻炼的人又多了起来。清晨和深夜,翻看微信或QQ,便知有多少朋友在"健走"。其实,古人也喜欢通过"发声"的方式,传递并炫耀"行走"的信息。正如《礼记》所要求:"行走则有环佩之声。"

由此可见,古人的环佩,似乎并非用来观赏的,而是用来听的。然而,追根溯源,却发现古人身上这种浪漫的饰品,不仅历史悠久,而且最早还是正襟的礼制产物和森严的等级制度,为上至帝王下至士人的穿戴"标配"。《礼记》曰:"古之君子必佩玉……天子佩白玉而玄组绶,公侯佩山玄玉而朱组绶,大夫佩水苍玉而纯组绶,世子佩瑜玉而綦组绶,士佩瓀玟而缊组绶。"组绶是用来系玉的丝带,不同的佩玉和丝带颜色,象征着不同的社会地位。

组绶还有"串玉"作用,即将小玉佩串联起来,成为一个"玉佩组",学术上称"组玉佩"或"杂佩"。玉跟玉之间的碰撞,自然发出"叮当"之声。当然,玉佩发声,并不单纯是营造"听觉美学",更多的是礼制用意。作为贵族和士人,时刻都要保持形象,一定站有站相、坐有坐相,行走也不能有失仪态,而组玉佩的玉振之声正好可以帮助佩玉者以听觉规范自己的步态,即"听己佩鸣,使玉声与步行相中适"。

佩玉从西周开始,作为一项制度一直延续到明清时期。由于组玉佩十分烦琐,魏晋以后,男子佩戴杂佩的渐少,仅仅保留于礼制活动中,即重要活动必须佩玉。但女子腰间佩玉之风依然盛行。叮当作响的女子环佩之声,逐渐成为人们日常生活的悦耳音符、诗文中的美好向往,如"佳人环佩玉璘珊""鸣环佩玉生光辉"等。以至于《礼记》中规范士大夫步伐的"环佩",逐渐成了女性的代称之一。

到了经济繁荣、社会稳定、思想开放的唐代,玉佩的严肃性逐渐消减,装饰意味却越发凸显。富有创意的玉佩不断被开发,如双鹤、双鱼、鸳鸯、凤凰、孔雀、花朵等造型的玉佩深受人们青睐,但佩玉的级别也相应提高。《唐六典》谓:"随身鱼符之制,左二右一,太子以玉,亲王以金,庶官以铜,佩以为饰。"而手工业和工商业空前发展的宋代,民间用玉异军突起,佩玉行走又成时尚,曾巩的"进退佩玉何玲玲"、陆游的"缨冠佩玉朝紫微"、袁甫的"佩玉锵鸣谨进趋"等均表达此意。

明代玉佩的器型和雕饰手法虽得以进一步创新发展,玉佩从材质上已不局限于玉,并开始采用金属和宝石,但玉佩称呼却变得压抑——"禁步",顾名思义,就是"限制步伐"。为何要这样?参照"言多必失"理解,"禁步"就是怕走多步乱进而影响风度。

同时,明清是另一个玉文化繁荣的时代,民间盛行佩戴各种玉佩饰。有钱的人上到帽檐前饰,中至玉腰牌,玉挂件,下至玉鞋扣,几乎全身皆玉;一般平民百姓也常戴个玉手镯、玉耳环、玉扳指等,玉成了大众装饰品。

行走用玉佩"发声",源于古人赋予玉很多人性的品格,弘扬孔子倡导的"玉德",即仁、智、义、礼、乐、忠、信、天、地、德、道等,所以才"君子无故,玉不去身"。

在欧洲森林里遇到野狼

文/郑蕴奥

近年来，欧洲各地重新出现野狼踪迹。对于自然主义者和动物爱好者来说，这或许是个令人欣喜的消息，但是对于百年来不曾受过"大灰狼"威胁的、放养的、乖乖的羊来说，这就像一把悬在头上的死神的镰刀。

据德国《法兰克福汇报》报道，2018年10月初，萨克森州上劳西茨自然保护区有约40只羊惨遭毒手，曝尸野外。据统计，德国目前有55个狼群，其中有17个狼群生活在东部的萨克森州。

一次性大规模猎杀猎物后保留尸体慢慢享用，这是狼以及其他一些食肉动物如貂和狐狸的惯常做法。捕杀野兔子时，狼很难有机会连续捕到下一只，故而未曾有此类野生动物大量"躺尸"的报道。但是家畜不同。往往成群活动的它们，不仅行动力差，活动范围也受限制。遇到它们，饥饿的狼群自是有足够的机会大快朵颐一番了。

"大灰狼"回来了，动物学家欢呼雀跃，养羊的农民却头痛不已。在21世纪的欧洲，究竟如何平衡自然与人的关系？狼该杀还是该留？也许读一读《小红帽》的故事会有所启示。就像很多格林童话集里的故事一样，《小红帽》的故事也非这对举世闻名的德国兄弟的原创，而是出自一位叫夏尔·佩罗的法国作家之手。在这一原始版本里，作者在大灰狼著名的那句话"这样我才能更好地吃你啊"旁边，写有这样一句注解："这句话要大声说出，这样才能让孩子感到害怕。"他笔下的大灰狼不单单是一只狼，更是象征了对年轻女子极具危险性的男子。在故事的结尾，作者还写道："这世上有形形色色不同的狼，有迷人的狼、谦逊的狼，还有讲礼貌的狼，然而不幸的是，正是上述这几种狼是所有狼中最危险的"。

在法语版《小红帽》出版后的150年里，与骤增的人口相反，欧洲的野生狼群渐渐绝迹。直至近年，它们的身影才重现森林。在德国目前生活有200匹左右的狼，它们时不时会在"森林幼儿园"（一种起源于北欧、在森林中开办的幼儿园，让幼儿通过与大自然实物实景直接接触而学习）附近出没。意大利甚至有传言亚平宁山脉的狼是有关部门有意为平衡自然、重新引进而空投下来的。这还是狼研究专家路易吉·博伊塔尼在德国《明镜》的一篇采访中说的。训练有素的空降狼，这简直可以写成一则当代童话了。那么真相又如何呢？实际上，如今的野狼，每一匹都由一名狼顾问或是一名"狼管"负责。他们头戴红色工帽，工作任务便是观察、编号、跟踪和记录每一匹狼，堪称当代"小红帽"。在瑞士，设立有专门的"狼管"，大致可以概括如下："您是一匹想来瑞士定居的狼吗？瑞士欢迎您！在这里您将受到物种保护法的庇护。您可以捕杀羊群，上限为25只。捕杀至26只，您便要接受死亡的惩罚。"

想想这幅画面就有趣：一匹狼，嘴里正嚼着第25只羊的后腿呢，一个卫兵跑过来示意它这是最后一次，下不为例。当然了，一向擅长坑蒙拐骗的它此刻必然要大声抱怨：好啦，我确实吃了羊的左后腿，但是当我看到这只羊时，羊已经死了，凶手另有其人。回头看，凶手就在身后那群狼里，后面那只……说实在的，即便这世上有什么狂野的、难以预测的、充满危险的东西，那也不是狼，而恰恰是我们人类。古罗马有句谚语："人对人是狼。"

能麻烦你一下吗？不能

文/E+

生活中那些遇到困难之后，总是习惯直接求人帮忙的人，被称为"伸手党"。

我们一般会认为这样的人总是以自我为中心、人际边界不清，但这些都是从不爱麻烦别人的人的视角出发，对伸手党的看法。而那些非常敢于麻烦别人的人，在向他人提出请求的时候，是这样理解的：反正就是多问一句话的事儿，别人告诉我了当然好，要是拒绝了，大不了就不行嘛。心理上没有负担，是伸手党的核心特点。

反过来看看那些不太喜欢麻烦别人的人，这样做的理由可能有几点：

一是我不麻烦你，你也不要麻烦我。有个朋友坚守着非工作时间不谈工作的原则，暗含的意思是："我不在下班之后打扰你，你也不要麻烦我。"他认为人际交往最基本的规则之一就是等价交换。这样做的好处就是大家真的不好意思麻烦他，也尊重他的私人时间。

二是万一被拒绝，那该有多尴尬。每一个害怕麻烦别人的人，可能都有过不同程度的"被拒创伤"。在鼓起勇气找别人帮忙之后，对方或者是委婉地拒绝了，或者没有像我们想象的那样愿意帮忙，而是语气有点儿心不甘情不愿的，虽然最后帮了你，但也让你很难受。各种担忧和顾虑让我们变得更加敏感。而害怕麻烦别人，是个优点吗？

我一个大学同学做事时经常因为一味地害怕给别人添麻烦，而不敢开口问，只顾自己埋头苦干，反而事倍功半。虽然不想承认，但有些事，有时候还真就是一句话的事，问了也许就可以省掉很多麻烦。于是有人说，朋友就是相互麻烦出来的，你麻烦我，我麻烦你，关系才一点点维系起来。研究也证明，当你帮他人一个小忙之后，你对这个人的好感度也会提升。但前提是，这个忙真的要够小。这个忙得是那种不打乱别人原本计划、不需要花费额外能量顺手完成的。我们需要明确的是，什么事情可以麻烦别人，什么不能，以及如何正确地麻烦别人，才能既把事情完成好，又不招对方讨厌。

那些害怕麻烦别人的人，因为没有掌握麻烦别人的正确姿势，所以常常产生两种类型的困扰。开口向别人提请求时很有负担：明明一句话能说完的事情，他们却因为担心自己给别人添麻烦或者不够礼貌反倒变得啰唆。在拒绝他人麻烦的请求时，会感到愧疚：有时候是碍于面子，有时候是心里想拒绝。

要想避免这两个困扰，就需要我们带着决断力和他人互动。决断力指能够明确自己和他人的需求，以一种积极、合理的方式提出自己的请求。它是一种刚刚好的状态：既不显得粗鲁或傲慢，过分侵犯他人边界，也不过分让渡自己的权利。

以下这几点也许可以帮助我们拥有决断力，处理很多为难的情况：自由、公开地表达自己的需求、想法和感受，同时也尊重他人的合理需求；运用适当的非言语线索，沟通中直视他人；礼貌地拒绝他人；不论是否意见一致，都能够倾听并给予他人适当回应；能够承认自己的错误并道歉。

爱上数学

文/贝小戎

1

好多文科生都怕数学，但在现代社会又躲不开数学，文科生也会遇到买东西打折和贷款利率问题。

剑桥大学博士、英国中学数学老师博比·西格尔说，理财等活动会用到的数学可以说是"城市数学"，它是年轻人需要掌握的一项生存技能，为此需要帮助一些人克服数学焦虑症和恐惧症。

西格尔出了本书叫《具有改变人生魔力的数字》。书中说，我们生活中用的都是十进制，因为我们有十根手指头。有学生问他，如果人类跟忍者神龟一样，每只手只有三根手指头会怎样？他回答说，如果我们一共六根手指头，也许我们的计数方法就是六进制的，那样我们天生就会跟比萨很亲近，十大好书、十佳运动员就变成了六大好书、六佳运动员。六进制的计数顺序是0到5，然后就是10，11到15，之后直接是20（等于十进制中的12）。如果你对一个人说，要用10块钱买他的一个东西，结果你给他6块钱，说你们谈的计数法不一样，然后你就得准备逃跑了。

西格尔以通俗的语言解释了统计学中的"大数定律"："假如我们每天清醒的时间为8小时，并且在这8小时内，每一秒都会看见、听见事物。这样我们每天就会看见28800件事。"

2

其中大多数事情都会比较普通，如听见鸟叫或者看见红绿灯变色。但一个多月内（34.72天），我们就会目睹100万件不同的事情。所以从数学上说，每个月我们都会经历百万分之一概率的事情。

全世界有70多亿人，所以地球上每天都会发生一些特别不可能的事情。好多国外媒体都有专门报道怪异新闻的版块，比如"拳击手失败后拳打自己的教练""迪士尼员工说，主题乐园是撒骨灰的圣地"，有些游客会把亲人的骨灰藏在化妆品或药盒里带到园内，撒在花卉、灌木丛、河水或鬼屋中。

3

如果你已经不怕数学了，最好不要去看英国人喜欢做的数学难题。比如，"英国的人口中，男孩和女孩大概五五开。但平均谁的姐妹多，男孩还是女孩？"出题者说，很多人凭直觉获得的答案是，女孩不能是自己的姐妹，所以男孩的姐妹多于女孩。但这种算法忘记了有的家庭全是男孩或女孩。在这样的家庭，男孩没有姐妹，而女孩至少有一个姐妹。结果总体上男孩、女孩的姐妹一样多。

一位数学教授出了一道题："我阁楼里有许多书：至少100本，但不超过500本。如果每5本堆在一起，会剩1本。如果每9本堆在一起，会剩2本。如果每8本堆在一起，会剩3本。我阁楼里到底有多少本书？"这本质上算的是5、8、9的倍数。解答是：不计范围限制，最少可以是11本书，刚好满足这些条件。如果把这11本放在一边的话，其余书的数量可以被5、8和9整除，可以整除它们的最小的数是三者的乘积360，所以一共是360加上11等于371本书。2乘以360+11等于731也可以，但超出了500。

廉颇身上的标签不少,诸如"负荆请罪""战国时期四大名将之一"等,但我想再给他贴上一个"名不副实":公元前270年,秦国进攻韩国,军队驻扎在阏与(今山西和顺县一带)。赵惠文王问廉颇:"可救不?"廉颇说:"道远险狭,难救。"赵惠文王又问赵奢,赵奢回答:"两强相遇勇者胜!"结果,"赵奢纵兵击之,大破秦军。遂解阏与之围"。还有一事,也足以说明廉颇度量并非大如海。赵惠文王的孙子继位后,用乐乘取代廉颇。"廉颇怒,攻乐乘,乐乘走。廉颇遂奔魏之大梁。"

廉颇的最大战绩是赵惠文王十六年(公元前283年),带领赵军长驱深入齐境,攻取阳晋。问题是,这个战绩发生在名将乐毅联合秦、韩、魏、燕、赵五国之力伐齐期间,总指挥是乐毅,赵国在其中的权重并不大,因而廉颇这个战绩的含金量也很有限。之后,廉颇取得的几次胜利也是针对齐、魏。相对于两次打败强大秦军的马服君赵奢、多次打败匈奴和秦国的武安君李牧,廉颇与秦国作战基本都是败绩,他也没有与秦作战的任何经验。

评价廉颇军事才能,就不得不提长平之战。对于2000多年前,秦、赵围绕上党郡归属,展开的那场生死决战——长平之战,现今流传最广的故事版本是,战争期间,赵王听信秦国间谍散布的谣言,罢免了主张打持久战的老将廉颇,换上纸上谈兵的赵括,结果赵国40万精锐全军覆没。

事情是这样的,上党郡最初是韩国的国土。为夺取这块地势险要、易守难攻的战略要地,秦国以名将白起为主帅,率军与韩国连续激战三年,夺城十余座,斩首五万多,最终切断了上党郡与韩国本土的联系,使之成为一块"飞地"。

到了公元前262年,已绝望的韩王不得不向秦国屈服,答应把上党郡全部17城割让于秦。可当时上党太守冯亭却来了一个"将在外,君命有所不受",他跑到临近的赵国,愿意将上党郡尽数献给赵国。赵王对这天上突然掉下的馅饼喜出望外。于是,公元前261年,廉颇率领几十万大军浩浩荡荡地接管上党。此举激怒了秦国,秦军随即向赵军发起攻击。最初秦军的最高指挥官并不是名将白起,而是"左庶长"王龁。就是这个职务并不高、名气并不大的王龁在不到两个月的时间里,就从廉颇手中将上党郡17座城全部夺了下来。

廉颇率领的赵军被王龁赶出上党后,一路败退到长平,上党的老百姓也跟着跑过来。公元前260年4月,一路如影随形追过来的王龁便以此为借口进攻赵国,廉颇在当地一片河谷地带修筑了东垒、西垒抵抗秦军进攻。许多描写长平

没那么『神』的廉颇

文/赵柒斤

之战故事中的廉颇"采取积极防御态势与秦军对峙",就是这么来的——哪是什么积极防御,是你廉颇根本就不是人家的对手,迫不得已才以拖待变。赵孝成王一看这也不是办法,廉颇始终不敢出战,国力消耗不起,后勤保障也跟不上,再加上"秦相应侯又使人行千金于赵为反间",赵王这才以"赵括代廉颇"。一听赵军换帅,秦"乃阴使武安君白起为上将军,王龁为尉裨将,军中有敢泄武安君将者斩"。由此可见,秦国对赵括的态度比对廉颇重视多了。这反而成全了廉颇。否则,廉颇哪有资格被人安排为"战国名将"?

新千克：穿越大半个宇宙也能称你

文／王嘉兴

1千克有多重？过去一个多世纪以来，一个藏在法国巴黎秘密地下室里的小圆柱体定义着精确的数值。它和高尔夫球差不多大小，由铂铱合金制成，价值30万元，被玻璃罩子层层密封保存。人们把它命名为国际千克原器（IPK），也有人爱称它为"大K"。

它波澜不惊地工作了一个多世纪，和存在于世界各地的40个"兄弟"一起，维持着千克这个单位的稳定。但最近因为"瘦了"50微克，大K不得不宣告退休。2018年11月16日，第26届国际计量大会通过投票，自2019年5月20日起，千克将基于物理常数普朗克常数计算得到。

对于绝大多数人来说，这个变化带来的直接影响得在小数点后很多个零后面才能体现出来，菜贩不会因此更换秤砣。但全世界的科学家都在关注这一变革。对他们而言，大K带来的不确定性是不能容忍的。

几乎所有单位的定义都曾经历这样的过程：最早从人类自身生活经验出发，最后走向标准化。18世纪以前，法国有超过700种不同的测量单位，即使是相邻的村子，同一单位都对应不同的长度。有的地方1图瓦兹等于成人男子展开双臂的长度，有的地方则定义为6皮耶，后来，这个单位又被拿破仑规定等于2米。

历史书中，秦始皇的一大功绩便是统一了度量衡。类似的努力一直延续到今天。千克是最后一个还依赖于实体的基本单位。几十年来，科学家面临的是不得不改的局面：大K的质量似乎一直在减轻。对1千克的物体来说，50微克意味着0.005%，是几乎无法察觉的差异。可如果我们把它放到对质量很敏感的领域，例如制药业，或是精密仪器制造业，这样的误差会直接决定成败。没有人知道为什么大K在丢失质量。人们花了大价钱，选用了最稳定的金属之一，不允许任何人靠近，即使是计量局的工作人员，多数都未曾亲眼见过大K。

我们有充分的理由抛弃原有的定义，但谁又有资格成为大K的继任者呢？选择物理常数是非常自然的想法，但要成为新一代度量衡，测量手段和精度都要满足非常严苛的条件。这项复杂的工作最终由美国、英国、德国、意大利、日本等国的实验室共同完成。一直到2014年，他们才完成初步工作。新的定义需要借助一种叫作基布尔秤的复杂装置，需要两层楼的空间堆放。《自然》曾将基布尔秤实验选为2012年最困难的5个物理实验之一。

在2018年的国际计量大会上，摩尔、安培和开尔文的定义也被更新了。1摩尔的数量成为一个固定的数值，不再与质量挂钩。1安培和1开尔文的大小也不再依赖于测量，完全由基本常数确定。自此，人类首次在基本单位体系中彻底摆脱实物基准，迈向"量子化"时代。

科学技术发展到21世纪，已经很少有人能明白学术前沿的研究到底在做什么，有什么意义。事实上，诺贝尔物理学奖常常垂青与基本单位测量有关的研究，每当人类制造出一台更准的钟、一截更好的标尺，都会催生一些无法预期的新应用。物理学界一直流传着一句话："把小数点往后挪一位，你就会发现新的真理。"所有科学家都期待着，新的定义能让小数点多移几位。

发发呆吧，那也是创造力

文/李稻葵

在外国人尤其是欧洲人的眼中，华人的特点是特别勤奋，从不打烊，他们很不理解中国人脚不沾地的生活习惯。

而在我们看来，很多欧洲人确实懒惰，但咱们的勤奋习惯是不是就永远好呢？

我们周围有人就连出门度假，也把忙忙叨叨带到了旅游胜地——出门前排行程、办票、打包不说，还要办好漫游流量卡。进酒店第一件事就问Wi-Fi密码，一出门就带上充电宝奔网红点排长队打卡，P图半小时发朋友圈……

我尤其不明白去海边玩、享受为什么要带充电宝，休假不是给人充电的吗？怎么变成给手机充电了？

有些欧美人休假就是"躺晒"：在海边一躺，晒着太阳，一瓶啤酒聊一会儿，看会儿书，玩玩冲浪、潜泳，爬上来再继续躺晒，啥也不干泡一天……

我们有时会听到这样的抱怨："这两个月我太忙了、太累了"，另外好多人内心又老是责怪自己"在家里面躺了一天，什么都没干，真是太浪费时间了"。

其实，太多人没有意识到一件事：发呆是有价值的，对劳碌的飞行人士来说，闲下来什么都不干，反而可以提高平日生活效率，尤其是创造力！

中国古代说疲劳，"疲"比"劳"更可怕。劳的话，睡一觉就缓解了；疲是心累，对什么事都提不起兴趣。回想自己的生活工作，疲的时候，是否什么都不感兴趣，胃口也没有，书也不想读，电影也不想看。

真疲了，人就应该发呆，放空一切。回过头想，咱们的端午、十一、春节，目的不也都是有所纪念，重温历史，吐故纳新吗？学校放寒暑假也是这个道理。

从更大的角度看，有些孩子短期内学习不好、瞎玩，或者一些成年人所谓的"不务正业"也是一种发呆，那是大发呆。

2013年，一位寂寂无名的华裔数学家张益唐，发表了一篇里程碑式的素数研究论文，震惊学界。

他的经历就很有代表性：他读博期间没找到工作，有十多年过得非常窘迫，一度去赛百味打工。尽管后来他获得了一个普通大学的讲师职位，但他个人仍然专注于研究素数间隔，这是一个高难度的纯脑力游戏。

夏季某一天在朋友家后院，他一边等着看山里的鹿，一边转悠。突然灵光乍现，期待很久的解答出现在眼前："我看见了数字、方程一类的东西，很难说清到底是什么。"这之后很快，他就破解了困扰数学家们很久的谜题。

所以发呆是一种生产力，人必须休息好了，才能对温饱之外的事情抱有活力和兴趣，才富有创造力。

这两年，手机剥夺了我们的发呆时间。但手机再厉害，终归是处理日常的小智慧，它永远不会带来灵感，更多的是短暂的麻木感。所以建议朋友们要有比手机更高一层的智慧，让自己的大智慧管小智慧。此所谓"放下手机，立地成佛"。

人呢，感觉快乐就忙东忙西，感觉累了就放空自己，所以我觉得对孩子们、对自己都要宽松一点儿，能够发呆就是福气，要学会发呆，尤其是出门旅行和度假。

如何保护校园

文/胡宁

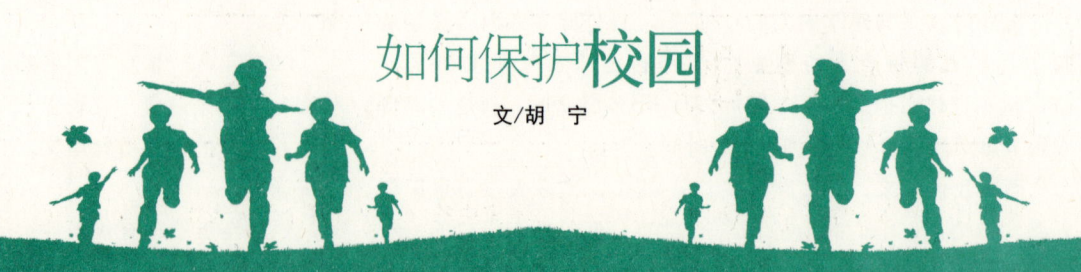

单纯的感情慰藉不能直接解决安全问题。

得克萨斯州发行量最大的日报《休斯敦纪事报》透露，2018年7月，圣达菲独立校区的董事会批准了170万美元的安全改造经费。应急按钮和新的报警系统取代了单纯的火警报警装置。每间教室内都配锁，大厅配有防弹玻璃。进入学校的人将面对金属探测器的检查。校园的警力进一步增强，枪械也获得了更新和升级。

除硬件设施外，在得克萨斯州州长主办的圆桌讨论中，他们还希望能想办法通过社交媒体防范这类事件，让学校辅导员和社会工作者更多地发挥作用。他们甚至在考虑，要扩大远程精神医疗的覆盖范围。不仅在事发后向学生和家长提供心理咨询，更希望在平时向学生提供更多的精神卫生资源，让帕古尔茨这样有心理健康需求的学生及时得到纾解。

一些未被卷入事件的学校受到了警醒。得克萨斯州的第五大城市沃斯堡的学校里，摄像头由警方实时监控，学校的护士接受了培训，以便应对可能的突发状况。

原本没配备全职警察的学校正在增加警力。更多的学校选择让进学校的入口变得更加可控。他们给进入学校的人设定门槛，并在那里配备摄像头和报警器。有的学校还为每间教室配备了胡椒喷雾。

除此之外，法律也在校园外竖起另一道篱笆。那些有精神疾病的凶手越来越无法利用疾病为自己开脱罪行。2001年，日本发生大阪学校屠杀，8个6~8岁的孩子丧命于一位精神疾病患者手中。美联社报道了日本社会对患精神疾病的犯罪者该如何处置的争论。最终，日本社会没有让他再像从前一样因疾病在法律面前享有特殊待遇，而是制定了新法律，规定有精神疾病的犯人必须被强制关入精神病院。

失去女儿的洛里也不甘于只守着一张悲伤的面孔。她重新站了起来，发起了一个"让学校变得安全"的非营利组织，研究并试图寻找最合适的方法。洛里希望，她能打造模范学校并把这种经验推广到全国，让孩子不要惧怕去学校。6个与洛里女儿年纪相仿的幸存者加入了这支队伍。她们希望用这种行动的方式走出恐惧，不让同样的悲剧再发生在类似的孩子身上。

那些曾经被无差别伤人事件戕害的学校，选择用纪念碑、纪念馆的形式让人们铭记这些伤痛。那些逝去的鲜活生命的名字刻在石碑上，他们的故事被写在纪念馆里，学校还会定期举行悼念仪式，提醒人们校园屠杀曾让那么多人原定的生命轨道就此中断、翻转。

2018年6月3日，圣达菲事件发生半个月后，帕克兰的学子迎来了毕业季。毕业典礼上，这所学校为一批特殊的"毕业生"颁发了学位，尽管他们永远也不可能再出现在学校了。校长表示，毕业典礼也要"纪念那些不在我们身边的人"。

一面印着"鹰"标志的粉色旗子被挂在学校的围栏上，上面写着："MDY Strong（玛乔丽·斯通曼·道格拉斯高中保持坚强）"，"你如今与天使同在，但是你的一部分会始终与我们一起飞翔"。一枝枝白色的鲜花和明黄的向日葵整齐地摆在旗子下面，傍晚的阳光穿过旗子，带着伤痛记忆的学生和家人一个个离开这里。曾经染血的校园再度回归宁静。

餐桌上的比赛

文/雨柔和

前些日子，海外学子放寒假了，陆续回来与家人团聚，这接风宴也是一场接一场。同时，餐桌上儿女们的比赛依旧。

一大桌子上坐着三位学子。显然，其中一位叫霓的女孩备受关注。霓在维也纳学音乐，聊起女儿，霓妈满脸自豪，席间，霓还表演了小提琴独奏。虽然我不懂音乐，但她时而如缓缓溪流般温柔，时而如万马奔腾般激昂的演奏，让我们大开眼界。说到寒假计划，霓说，这次回来就想陪父母旅游，带他们出去走走。

琳一直就比较文静，琳父却一直在小声说着："你瞧霓多厉害，已经在好几个比赛中获奖了。霓多孝顺，还愿意陪父母一起出去见识见识。"其实，琳也是不错的，在美国名校读的金融，年年也拿奖学金，只是性格内向。再说了，霓和琳有可比性吗？一个学的艺术，一个学的金融，真不知道琳父是怎么想的，也只有他家闺女受他这份气。

还是凯好，虽然从小在这三个孩子的比赛中他就是垫底的，不过，他是个乐天派，从不计较这些。依旧是话没说几句，就一脸笑，一副没心没肺的样子，不断举杯敬在座的长辈和两位妹妹。凯在英国已经研究生毕业了，应聘到一家上市公司，这次还带来了女朋友，本科毕业于985名校，目前也在英国读研。凯可谓事业爱情双丰收，总算是更胜一筹。

想想我孩子小的时候，几个妈妈聚在一起，就是一场孩子间的比赛。谁家数学考分高？谁家英语在竞赛中获奖了？谁家期中考试排名进入年级前十？总之，那个时候，没有一个妈妈会考虑孩子的面子或者感受。如今，孩子们都读大学了，也聚得少了，估计他们也怕了这种没完没了的比赛。后来，他们私下小聚，没家长的掺和，才更像一场纯粹的聚会。

餐桌上的比赛由来已久。记得我小时候虽是家中独女，可有几个堂兄表姐。每到逢年过节大家就会聚在一起吃个饭。本来庆祝美好的节日，就应该佐以美好的大餐。可是席间大人们交谈起来，却总离不开成绩。当然，我这个长相一般，智商一般，能力一般的小妹，总是处于下风。除了偶尔作文获个奖，能让父母脸上稍微发个光，别无他用。

再说我的发小，用她自己的话说："我就一直败在自家餐桌上。"发小家有五朵金花，她是最小的一朵。大姐，勤奋好学，从小就英语好，早年就出国留学，现定居美国；二姐精明干练，现任外企高管；三姐贤淑温婉，国家公务员；四姐豪爽泼辣，经营一家餐馆，生意红红火火。唯有这个小妹，就像不是一个父母生的，从小的特性就一个字：慢。姐姐们都戏称她"蜗牛小姐"。其实，发小还是挺不错的，成绩好，性格好，就是慢吞吞。

发小每天在餐桌上听得最多的就是：你要像大姐那样，学好语言靠的就是多听多说；你要像二姐那样，做作业也要讲究效率，除了做对，还要做得快；你要像三姐那样踏踏实实，也就能多考几个高分了；你要像四姐那样，能够照顾好自己，不然以后出去读书、嫁人可怎么办……一直听到耳朵长茧。

高考时，发小决定去美国读神经科学。全家人惊诧，更多是质疑。最后，父母只是说："只要考上了，就支持！"发小还就真的考上了！她悄悄告诉我："终于摆脱了餐桌上的比赛，我有那么差劲吗？"我笑："你最棒！"

发小的姐姐们陆续出嫁，发小的终身大事又成了餐桌上的焦点。终于，在35岁那年，她带回一个白马王子，不仅长得高大挺拔，风度翩翩，而且是一位神经科学博士。

人生就是一场马拉松，未到终点，谁敢说自己一定就是那个赢家呢？

遇到不喜欢的老师，该怎么办

文/《意林》图书部

可能每个人的学生时代都会遇到不喜欢的老师吧？如果你遇到不喜欢的老师，会怎么处理呢？这样的情况会影响你的学习吗？一起来解答吧。

小编你们好：

我最近很苦恼，因为总是听不进去英语课，在英语课上心不在焉。原因就是英语老师是我们班主任，她上课很爱说"带刺儿"的话。尤其会在课上用英语造句来骂我们。导致她的课很无聊，而且她讲课水平也不高，经常讲不明白还把自己绕进去，反而骂我们。

最关键的是，她好像很不喜欢我。比如我和其他人一样做了讨喜的事，她总是表扬别人，却对我没有任何反应。而当我和其他人一起犯了错误，我总是被批评得最狠的一个。

她特别喜欢我们班的卫生委员，卫生委员做什么她都是一脸笑意。而我去参加比赛、帮班里出板报、学习进步（从班级倒数到前10名），她好像从来都看不见。加上一些其他的事情，导致我现在特别讨厌上学。

我是住校生，一周回一次家，有什么不开心的事都只能憋着。因为不想让父母操心，所以我一般什么都不说，但是现在真的很苦恼。我该怎么办呢？

匿名读者

精选建议

喵咪：
面对这种情况，小编想先默默同情你一分钟。有句话这样说：我们不是人民币，不可能被所有人喜欢。那么，不如放宽心，专注做好自己的事，当你变得足够优秀，可能别人就会用新的眼光来看待你哦！

不如争气：
遇上不喜欢的老师确实很难过，但一定不要因此放弃英语。如果你在课下多多用功，争取把英语成绩搞上去，有好成绩作为依托，会适当消除一些不愉快的。

徐小欣的小心肝：
不如换个角度，看看卫生委员身上的闪光点，向他人学习一下。不管别人怎么看自己，是金子总会发光，做好自己就行了。

天才^v^：
勇敢做自己，这个世界本身就不公平，看淡一点儿吧。

水晶小月：
我曾经也遇到过一位很讨厌的老师，他是教数学的。以前我的数学还不错，但是因为我们互相看不顺眼，即使我数学考得还不错，也常常会受到他的冷嘲热讽。导致我讨厌他的同时也讨厌了数学。结果就是中考在即，我的数学经常不及格，后来花了好多钱请家教补习，还差一点儿与重点高中失之交臂。所以，就算再不喜欢一个老师，也不要不好好学这一科，拿自己的未来赌气。

叶子：
我觉得你没有做错什么，有些人可能就是天生对某些人有偏见。如果你真的很难受，而且觉得难受的原因是老师的态度，那不妨鼓起勇气去找老师谈谈吧，往好了想，也许是有什么误会让老师误解了你，解开了就好了，往坏了想，还有什么结果能比现在更糟呢？

白露：
加油！不要在乎别人怎样看你，希望你能遇见更好的自己！